U0565821

萧红
小传

萧红（1911—1942），乳名荣华，学名张秀环，后由外祖父改名为张迺莹，笔名萧红、悄吟、玲玲、田娣等。中国现代作家。代表作品有小说《生死场》《呼兰河传》《小城三月》等。1911年生于黑龙江省呼兰，1927年入哈尔滨市东省特别区区立第一女子中学（现为哈尔滨市萧红中学）就读。1930年，初中毕业，不顾家庭反对而出走北平，入北平大学女子师范学院附属女子中学读高中一年级。1933年，以笔名"悄吟"发表第一篇小说《弃儿》。1935年，在上海出版小说《生死场》，一举成名。1936年东渡日本，创作散文《孤独的生活》，组诗《砂粒》等。1940年1月赴香港，1941年发表中篇小说《马伯乐》、长篇小说《呼兰河传》。1942年病逝于香港。

总主编　何向阳

本册主编　何向阳

百年
中篇
小说
名家
经典

BAINIAN
ZHONGPIAN
XIAOSHUO
MINGJIA JINGDIAN

萧红　著

生死场

SHENG
SI
CHANG

河南文艺出版社
·郑州·

一种文体
与一百年的民族记忆

何向阳　（丛书总主编）

　　自 20 世纪初，确切地说，自 1918 年 4 月以鲁迅《狂人日记》为标志的第一部白话小说的诞生伊始，新文学迄今已走过了百年的历史。百年的历史相对于古老的中国而言算不上悠久，但 20 世纪初到 21 世纪初这个一百年的文化思想的变化却是翻天覆地的，而记载这翻天覆地之巨变的，文学功莫大焉。作为一个民族的情感、思想、心灵的记录，从小处说起的小说，可能比之任何别的文体，或者其他样式的主观叙述与历史追忆，都更真切真实。将这一百年的经典小说挑选出来,放在一起,或可看到一个民族的心性的发展,而那可能被时间与事件遮盖的深层的民族心灵的密码,在这样一种系统的阅读中,也会清晰地得到揭示。

所需的仍是那份耐心。如鲁迅在近百年前对阿Q的抽丝剥茧,萧红对生死场的深观内视,这样的作家的耐心,成就了我们今天的回顾与判断,使我们——作为这一古老民族的每一个个体,都能找到那个线头,并警觉于我们的某种性格缺陷,同时也不忘我们的辉煌的来路和伟大的祖先。

来路是如此重要,以至小说除了是个人技艺的展示之外,更大一部分是它对社会人众的灵魂的素描,如果没有鲁迅,仍在阿Q精神中生活也不同程度带有阿Q相的我们,可能会失去或推迟认识自己的另一面的机会,当然,如果没有鲁迅之后的一代代作家对人的观察和省思,我们生活其中而不自知的日子也许更少苦恼但终是离麻木更近,是这些作家把先知的写下来给我们看,提示我们这是一种人生,但也还有另一种人生,不一样的,可以去尝试,可以去追寻,这是小说更重要的功能,是文学家个人通过文字传达、建构并最终必然参与到的民族思想再造的部分。

我们从这优秀者中先选取百位。他们的目光是不同的，但都是独特的。一百年，一百位作家，每位作家出版一部代表作品。百人百部百年，是今天的我们对于百年前开始的新文化运动的一份特别的纪念。

而之所以选取中篇小说这样一种文体，也是出于这个原因。

中篇小说，只是一种称谓，其篇幅介于长篇小说和短篇小说之间，长篇的体积更大，短篇好似又不足以支撑，而介于两者之间的中篇小说兼具长篇的社会学容量与短篇的技艺表达，虽然这种文体的命名只是在 20 世纪的七八十年代才明确出现，但三四十年间发展迅速，其中的优秀作品在不同时期或年份涵盖长、短篇而代表了小说甚至文学的高峰，比如路遥的《人生》、张承志的《北方的河》、莫言的《透明的红萝卜》、韩少功的《爸爸爸》、王安忆的《小鲍庄》、铁凝的《永远有多远》等等，不胜枚举。我曾在一篇言及年度小说的序文中讲到一个观点，小说是留给后来者的"考古学"，它面对的不是土层和古物,但发掘的工作更加艰巨,因为它面对的是一个民族的精神最深层的奥秘,作家这个田野考察者,交给我们的他的个人的报告,不啻是一份份关于民族心灵潜行的记录,而有一天,把这些"报告"收集起来的我们会发现,它是一份长长的报告,在报告的封面上应写着"一个民族的精神考古"。

一百年在人类历史上不过白驹过隙,何况是刚刚挣得名分的中篇小说文体——国际通用的是小说只有长、短篇之分,并无中篇的命名,而新文化运动伊始直至70年代早期,中篇小说的概念一直未得到强化,需要说明的是,这给我们今天的编选带来了困难,所以在新文学的现代部分以及当代部分的前半段,我们选取了篇幅较短篇稍长又不足长篇的小说,譬如鲁迅的《祝福》《孤独者》,它们的篇幅长度虽不及《阿Q正传》,但较之鲁迅自己的其他小说已是长的了。其他的现代时期作家的小说选取同理。所以在编选中我也曾想,命名"中篇小说名家经典"是否足以囊括,或者不如叫作"百年百人百部小说",但如此称谓又是对短篇小说的掩埋和对长篇小说的漠视,还是点出

"中篇"为好。命名之事,本是予实之名,世间之事,也是先有实后有名,文学亦然。较之它所提供的人性含量而言,刘之命名得是否妥帖则已显得不那么重要了。

值此新文化运动一百年之际,向这一百年来通过文学的表达探索民族深层精神的中国作家们致敬。因有你们的记述,这一百年留下的痕迹会有所不同。

感谢河南文艺出版社,感谢编辑们的敬业和坚持。在出版业不免受利益驱动的今天,他们的眼光和气魄有所不同。

2017 年 5 月 29 日　郑州

目录

序言

鲁迅

记得已是四年前的事了，时维二月，我和妇孺正陷在上海闸北的火线中，眼见中国人的因为逃走或死亡而绝迹。 后来仗着几个朋友的帮助，这才得进平和的英租界，难民虽然满路，居人却很安闲。 和闸北相距不过四五里罢，就是一个这么不同的世界，我们又怎么会想到哈尔滨。

这本稿子的到了我的桌上，已是今年的春天，我早重回闸北，周围又复熙熙攘攘的时候了，但却看见了五年以前，以及更早的哈尔滨。 这自然还不过是略图，叙事和写景，胜于人物描写，然而北方人民的对于生的坚强，对于死的挣扎，却往往已经力透纸背；女性作者的细致的观察和越轨的笔致，又增加了不少明丽和新鲜。 精神是健全的，就是深恶文艺和功利有关的人，如果看起来，他不幸得很，他也难免不能毫无所得。

听说文学社曾经愿意给她付印，稿子呈到中央宣传部书报检查委员会那里去，搁了半年，结果是不许可。 人常会事后才聪明，回想起来，这正是当然的事；对于生的坚强和死的挣扎，恐怕也确是大背"训政"之道的。 今年五月，只为了《略谈皇帝》这一篇文章，这一个气焰万丈的委员会就忽然烟消火灭，便是"以身作则"的实地大教训。

奴隶社以汗血换来的几文钱，想为这本书出版，却又在我们的上司"以身作则"的半年之后了，还要我写几句序。然而这几天，却又谣言蜂起，闸北的熙熙攘攘的居民，又在抱头鼠窜了，路上是络绎不绝的行李车和人，路旁是黄白两色的外人，含笑在赏鉴这礼让之邦的盛况。 自以为居于安全地带的报馆的报纸，则称这些逃命者为"庸人"或"愚民"。 我却以为他们也许是聪明的，至少，是已经凭着经验，知道了煌煌的官样文章之不可信。 他们还有些记性。

现在是一九三五年十一月十四日的夜里，我在灯下再看完了《生死场》，周围像死一般寂静，听惯的邻人的谈话声没有了，食物的叫卖声也没有了，不过偶有远远的几声犬吠。 想起来，英法租界当不是这情形，哈尔滨也不是这情形；我和那里的居人，彼此都怀着不同的心情，住在不同的世界。 然而我的心现在却好像古井中水，不生微波，麻木的写了以上那些字。 这正是奴隶的心！ 但是，如果还是扰乱了读者的心呢？那么，我们还决不是奴才。

不过与其听我还在安坐中的牢骚话，不如快看下面的《生死场》，她才会给你们以坚强和挣扎的力气。

一　麦场

一只山羊在大道边啮嚼榆树的根端。

城外一条长长的大道，被榆树荫打成荫片。走在大道中，象是走进一个动荡遮天的大伞。

山羊嘴嚼榆树皮，黏沫从山羊的胡子流延着。被刮起的这些黏沫，仿佛是胰子的泡沫，又象粗重浮游着的丝条；黏沫挂满羊腿。榆树显然是生了疮疖，榆树带着偌大的疤痕。山羊却睡在荫中，白囊一样的肚皮起起落落……

菜田里一个小孩慢慢地踱走。在草帽的盖伏下，象是一棵大型的菌类。

捕蝴蝶吗？捉蚱虫吗？小孩在正午的太阳下。

很短时间以内，跛脚的农夫也出现在菜田里。一片白菜的颜色有些相近山羊的颜色。

毗连着菜田的南端生着青穗的高粱的林。小孩钻入高粱之群里，许多穗子被撞着，在头顶打坠下来。有时也打在脸上。叶子们交结着响，有时刺痛着皮肤。那里绿色的甜味的世界，显然凉爽一些。时间不久，小孩子争斗着又走出最末的那棵植物。立刻太阳烧着他的头发，机灵的他把帽子扣起来。

高空的蓝天，遮覆住菜田上跳跃着的太阳，没有一块行云。 一株柳条的短枝，小孩挟在腋下，走路时他的两腿膝盖远远的分开，两只脚尖向里勾着，勾得腿在抱着个盆样。 跛脚的农夫早已看清是自己的孩子了，他远远地完全用喉音在问着："罗圈腿，唉呀！ ……不能找到？"

这个孩子的名字十分象征着他。 他说："没有。"

菜田的边道，小小的地盘，绣着野菜。 经过这条短道，前面就是二里半的房窝，他家门前种着一株杨树，杨树翻摆着自己的叶子。 每日二里半走在杨树下，总是听一听杨树的叶子怎样响，看一看杨树的叶子怎样摆动；杨树每天这样……他也每天停脚。 今天是他第一次破例，什么他都忘记，只见跛脚跛得更深了！ 每一步象在踏下一个坑去。

土屋周围，树条编做成墙，杨树一半荫影洒落到院中；麻面婆在荫影中洗濯衣裳。 正午田圃间只留着寂静，惟有蝴蝶们为着花，远近的翩飞，不怕太阳烧毁它们的翅膀。 一切都回藏起来，一只狗也寻着有荫的地方睡了！ 虫子们也回藏不鸣！

汗水在麻面婆的脸上，如珠如豆，渐渐侵着每个麻痕而下流。 麻面婆不是一只蝴蝶，她生不出鳞膀来，只有印就的麻痕。

两只蝴蝶飞戏着闪过麻面婆，她用湿的手把飞着的蝴蝶打下来，一个落到盆中溺死了！ 她的身子向前继续伏动，汗流到嘴了，她舐尝一点盐的味，汗流到眼睛的时候，那是非常辣，她急切用湿手揩拭一下，但仍不停的洗濯。

她的眼睛好象哭过一样，揉擦出脏污可笑的圈子，若远看一点，那正合乎戏台上的丑角；眼睛大得那样可怕，比起牛的眼睛来更大，而且脸上也有不定的花纹。

土房的窗子，门，望去那和洞一样。麻面婆踏进门，她去找另一件要洗的衣服，可是在炕上，她抓到了日影，但是不能拿起，她知道她的眼睛是晕花了！好象在光明中忽然走进灭了灯的夜。她休息下来。感到非常凉爽。过了一会在席子下面她抽出一条自己的裤子。她用裤子抹着头上的汗，一面走回树荫放着盆的地方，她把裤子也浸进泥浆去。

裤子在盆中大概还没有洗完，可是挂到篱墙上了！也许已经洗完？麻面婆做事是一件跟紧一件，有必要时，她放下一件又去做别的。

邻屋的烟囱，浓烟冲出，被风吹散着，布满全院。烟迷着她的眼睛了！

她知道家人要回来吃饭，慌张着心弦，她用泥浆浸过的手去墙角拿茅草，她粘了满手的茅草，就那样，她烧饭，她的手从来不用清水洗过。她家的烟囱也走着烟了。过了一会，她又出来取柴，茅草在手中，一半拖在地面，另一半在围裙下，她是摇拥着走。头发飘了满脸，那样，麻面婆是一只母熊了！

母熊带着草类进洞。

浓烟遮住太阳，院中一雾幽暗，在空中烟和云似的。

篱墙上的衣裳在滴水滴，蒸着污浊的气。 全个村庄在火中窒息。 午间的太阳权威着一切了！

"他妈的，给人家偷着走了吧？"

二里半跛脚厉害的时候，都是把屁股向后面斜着，跛出一定的角度来。

他去拍一拍山羊睡觉的草棚，可是羊在哪里？

"他妈的，谁偷了羊……混账种子！"

麻面婆听着丈夫骂，她走出来凹着眼睛："饭晚了吗？看你不回来，我就洗些个衣裳。"

让麻面婆说话，就象让猪说话一样，也许她喉咙组织法和猪相同，她总是发着猪声。

"唉呀！ 羊丢啦！ 我骂你那个傻老婆干什么？"

听说羊丢了，她去扬翻柴堆，她记得有一次羊是钻过柴堆。 但，那在冬天，羊为着取暖。 她没有想一想，六月天气，只有和她一样傻的羊才要钻柴堆取暖。 她翻着，她没有想。 全头发撒着一些细草，她丈夫想止住她，问她什么理由，她始终不说。 她为着要作出一点奇迹，为着从这奇迹，今后要人看重她，表明她不傻，表明她的智慧是在必要的时节出现，于是象狗在柴堆上耍得疲乏了！ 手在扒着发间的草秆，她坐下来。 她意外的感到自己的聪明不够用，她意外的对自己失望。

过了一会，邻人们在太阳底下四面出发，四面寻羊；麻面婆的饭锅冒着气，但，她也跟在后面。

二里半走出家门不远，遇见罗圈腿，孩子说："爸爸，找饿！"

二里半说："回家去吃饭吧！"

可是二里半转身时老婆和一捆稻草似的跟在后面。

"你这老婆，来干什么？　领他回家去吃饭。"

他说着不停地向前跌走。

黄色的，近黄色的麦子只留下短短的根苗。　远看来麦地使人悲伤。　在麦地尽端，井边什么人在汲水。　二里半一只手遮在眉上，东西眺望，他忽然决定到那井的地方，在井沿看下去，什么也没有，用井上汲水的桶子向水底深深的探试，什么也没有。　最后，绞上水桶，他伏身到井边喝水，水在喉中有声，象是马在喝。

老王婆在门前草场上休息。

"麦子打得怎么样啦？　我的羊丢了！"

二里半青色的面孔为了丢羊更青色了！

"咩……咩……"羊叫？　不是羊叫，寻羊的人叫。

林荫一排砖车经过，车夫们哗闹着。　山羊的午睡醒转过来，它迷茫着用犄角在周身剔毛。　为着树叶绿色的反映，山羊变成浅黄。　卖瓜的人在道旁自己吃瓜。　那一排砖车扬起浪般的灰尘，从林荫走上进城的大道。

山羊寂寞着，山羊完成了它的午睡，完成了它的树皮餐，而归家去了。

山羊没有归家，它经过每棵高树，也听遍了每张叶子的刷鸣，山羊也要进城吗？ 它奔向进城的大道。

"咩……咩"羊叫？ 不是羊叫，寻羊的人叫。 二里半比别人叫出来更大声，那不象是羊叫，象是一条牛了！

最后，二里半和地邻动打，那样，他的帽子，象断了线的风筝，飘摇着下降，从他头上飘摇到远处。

"你踏碎了俺的白菜！ ——你……你……"

那个红脸长人，象是魔王一样，二里半被打得眼睛晕花起来，他去抽拔身边的一棵小树；小树无由的被害了，那家的女人出来，送出一只搅酱缸的耙子，耙子滴着酱。

他看见耙子来了，拔着一棵小树跑回家去，草帽是那般孤独的丢在井边，草帽他不知戴过了多少年头。

二里半骂着妻子："混蛋，谁吃你的焦饭！"

他的面孔和马脸一样长。 麻面婆惊惶着，带着愚蠢的举动，她知道山羊一定没能寻到。

过了一会，她到饭盆那里哭了！"我的……羊，我一天一天喂，喂……大的，我抚摸着长起来的！"

麻面婆的性情不会抱怨。 她一遇到不快时，或是丈夫骂了她，或是邻人与她拌嘴，就连小孩子们扰烦她时，她都是象一摊蜡消融下来。 她的性情不好反抗，不好争斗，她的心象永远贮藏着悲哀似的，她的心永远象一块衰弱的白棉。 她哭抽着，任意走到外面把晒干的衣裳搭进来，但她绝对没有心思注意到羊。

可是会旅行的山羊在草棚不断的搔痒，弄得板房的门扇快要掉落下来，门扇摔摆的响着。

下午了，二里半仍在炕上坐着。

"妈的，羊丢了就丢了吧！留着它不是好兆相。"

但是妻子不晓得养羊会有什么不好的兆相，她说："哼！那么白白地丢了？我一会去找，我想一定在高粱地里。"

"你还去找？你别找啦！丢就丢了吧！"

"我能找到它呢！"

"唉呀，找羊会出别的事哩！"

他脑中回旋着挨打的时候：——草帽象断了线的风筝飘摇着下落，酱耙子滴着酱。快抓住小树，快抓住小树。……二里半心中翻着这不好的兆相。

他的妻子不知道这事。她朝向高粱地去了。蝴蝶和别的虫子热闹着，田地上有人工作了。她不和田上的妇女们搭话，经过留着根的麦地时，她象微点的爬虫在那里。阳光比正午钝了些，虫鸣渐多了，渐飞渐多了！

老王婆工作剩余的时间，尽是述说她无穷的命运。她的牙齿在着述说常常切得发响，那样她表示她的愤恨和潜怒。在星光下，她的脸纹绿了些，眼睛发青，她的眼睛是大的圆形。有时她讲到兴奋的话句，她发着嘎而没有曲折的直声。邻居的孩子们会说她是一头"猫头鹰"，她常常为着小孩子们说她"猫头鹰"而愤激，她想自己怎么会成个那样的怪物呢？ 象啐着一件什么东西似的，她开始吐痰。

　　孩子们的妈妈打了他们，孩子跑到一边去哭了！ 这时王婆她该终止她的讲说，她从窗洞爬进屋去过夜。 但有时她并不注意孩子们哭，她不听见似的，她仍说着那一年麦子好，她多买了一条牛，牛又生了小牛，小牛后来又怎样，……她的讲话总是有起有落；关于一条牛，她能有无量的言词：牛是什么颜色，每天要吃多少水草，甚至要说到牛睡觉是怎样的姿势。

　　但是今夜院中一个讨厌的孩子也没有。 王婆领着两个邻妇，坐在一条喂猪的槽子上，她们的故事便流水一般地在夜空里延展开。

　　天空一些云忙走，月亮陷进云围时，云和烟样，和煤山样，快要燃烧似的。 再过一会，月亮埋进云山，四面听不见蛙鸣；只是萤虫闪闪着。

　　屋里，象是洞里，响起鼾声来，布遍了的声波旋走了满院。 天边小的闪光不住的在闪合。 王婆的故事对比着天空的云："……一个孩子三岁了，我把她摔死了，要小孩子我会成了个废物。 ……那天早晨……我想一想！ ……是早晨，我把她坐在草堆上，我去喂牛；草堆是在房后。 等我想起孩子来，我跑去抱她，我看见草堆上没有孩子；我看见草堆下有铁犁的时候，我知道，这是恶兆，偏偏孩子跌在铁犁一起，我以为她还活着呀！ 等我抱起来的时候……啊呀！"

　　一条闪光裂开来，看得清王婆是一个兴奋的幽灵。 全麦田，高粱地，菜圃，都在闪光下出现。 妇人们被惶惑着，象是有什么冷的东西，扑向她们的脸去。 闪光一过，王婆的话声又连续下去："……啊呀！ ……我把她丢到草堆上，血尽是向草堆上流呀！ 她的小手颤颤着，血在冒着气从鼻子流出，从嘴也流出，好象喉管被切断了。 我听一听她的肚子还有响；那和一条小狗给车轮轧死一样。 我也亲眼看过小狗被车轮轧死，我什么都看过。 这庄上的谁家养小孩，一遇到孩子不能养下来，我就去拿着钩子，也许用那个掘菜的刀子，把孩子从娘的肚里硬搅出来。 孩子死，不算一回事，你们以为我会暴跳着哭吧？ 我会号叫吧？ 起先我心也觉得发颤，可是我一看见麦田在我眼前时，我一点都不后悔，我一滴眼泪都没淌下。 以后麦子收成很好，麦子是我割倒的，在场上一粒一粒我把麦子拾起来，就是那年我整个秋天没有停脚，没讲闲活，象连口气也没得喘似的，冬天就来了！ 到冬天我和邻人比着麦粒，我的麦粒是那样大呀！ 到冬天我的背曲得有些厉害，在手里拿着大的麦粒。 可是，邻人的孩子却长起来了！ ……到那时候，我好象忽然才想起我的小钟。"

王婆推一推邻妇，荡一荡头："我的孩子小名叫小钟呀！ ……我接连着熬苦了几夜没能睡，什么麦啦？ 从那时起，我连麦粒也不怎样看重了！ 就是如今，我也不把什么看重。 那时我才二十几岁。"

闪光相连起来，能言的幽灵默默坐在闪光中。 邻妇互望着，感到有些寒冷。

狗在麦场张狂着咬过来，多云的夜什么也不能告诉人们。忽然一道闪光，看见黄狗卷着尾巴向二里半叫去，闪光一过，黄狗又回到麦堆，草茎折动出细微的声音。

"三哥不在家里？"

"他睡着哩！"王婆又回到她的默默中，她的答话象是从一个空瓶子或是从什么空的东西发出。猪槽上她一个人化石一般地留着。

"三哥！你又和三嫂闹嘴吗？你常常和她闹嘴，那会败坏了平安的日子的。"

二里半，能宽容妻子，以他的感觉去衡量别人。

赵三点起烟火来，他红色的脸笑了笑："我没和谁闹嘴哩！"

二里半他从腰间解下烟袋，从容着说："我的羊丢了！你不知道吧？它又走了回来。要替我说出买主去，这只羊留着不是什么好兆相。"

赵三用粗嘎的声音大笑，大手和红色脸在闪光中伸现出来。

"哈……哈，倒不错，听说你的帽子飞到井边团团转呢！"

忽然二里半又看见身边长着一棵小树，快抓住小树，快抓住小树。他幻想终了，他知道被打的消息是传布出来，他捻一捻烟火，辩解着说："那家子不通人情，哪有丢了羊不许找的勾当？他硬说踏了他的白菜，你看，我不能和他动打。"

摇一摇头，受着辱一般的冷没下去，他吸烟管，切心地感到羊不是好兆相，羊会伤着自己的脸面。

来了一道闪光，大手的高大的赵三，从炕沿站起，用手掌擦着眼睛。 他忽然响叫："怕是要落雨吧！ ——坏啦! 麦子还没打完，在场上堆着!"

赵三感到养牛和种地不足，必须到城里去发展。 他每日进城，他渐渐不注意麦子，他梦想着另一桩有望的事业。

"那老婆，怎不去看麦子？ 麦子一定要给水冲走呢!"

赵三习惯的总以为她会坐在院心。 闪光更来了! 雷响，风声。 一切翻动着黑夜的村庄。

"我在这里呀! 到草棚拿席子来，把麦子盖起吧!"

喊声在有闪光的麦场响出，声音象碰着什么似的，好象在水上响出。 王婆又振动着喉咙："快些，没有用的，睡觉睡昏啦! 你是摸不到门啦!"

赵三为着未来的大雨所恐吓，没有同她拌嘴。

高粱地象要倒折，地端的榆树吹啸起来，有点象金属的声音，为着闪的缘故，全庄忽然裸现，忽然又沉埋下去。 全庄象是海上浮着的泡沫。 邻家和距离远一点的邻家有孩子的哭声，大人在嚷吵，什么酱缸没有盖啦! 驱赶着鸡雏啦! 种麦田的人家嚷着麦子还没有打完啦! 农家好比鸡笼，向着鸡笼投下火去，鸡们会翻腾着。

黄狗在草堆开始做窝，用腿扒草，用嘴扯草。 王婆一边颤动，一边手里拿着耙子。

"该死的，麦子今天就应该打完，你进城就不见回来，麦子算是可惜啦！"

二里半在电光中走近家门，有雨点打下来，在植物的叶子上稀疏的响着。

雨点打在他的头上时，他摸一下头顶而没有了草帽。 关于草帽，二里半一边走路一边怨恨山羊。

早晨了，雨还没有落下。 东边一道长虹悬起来，感到湿的气味的云掠过人头，东边高粱头上，太阳走在云后，那过于艳明，象红色的水晶，象红色的梦。 远看高粱和小树林一般森严着；村家在早晨趁着气候的凉爽，各自在田间忙。

赵三门前，麦场上小孩子牵着马，因为是一条年轻的马，它跳着荡着尾巴跟它的小主人走上场来。 小马欢喜用嘴撞一撞停在场上的石磙，它的前腿在平滑的地上跺打几下，接着它必然象索求什么似的叫起不很好听的声音来。

王婆穿的宽袖的短袄，走上平场。 她的头发毛乱而且绞卷着，朝晨的红光照着她，她的头发恰象田上成熟的玉米缨穗，红色并且薦卷。

马儿把主人呼唤出来，它等待给它装置石磙，石磙装好的时候，小马摇着尾巴，不断地摇着尾巴，它十分驯顺和愉快。

王婆摸一摸席子潮湿一点，席子被拉在一边了；孩子跑过去，帮助她。

麦穗布满平场，王婆拿着耙子站到一边。 小孩欢跑着立到场子中央，马儿开始转跑。 小孩在中心地点也是转着。好象画圆周时用的圆规一样，无论马儿怎样跑，孩子总在圆心的位置。 因为小马发疯着，飘扬着跑，它和孩子一般地贪玩，弄得麦穗溅出场外。 王婆用耙子打着马，可是走了一会它游戏够了，就和厮耍着的小狗需要休息一样，休息下来。王婆着了疯一般地又挥着耙子，马暴跳起来，它跑了两个圈子，把石磙带着离开铺着麦穗的平场，并且嘴里咬嚼一些麦穗。 系住马勒带的孩子挨着骂："啊！ 你总偷着把它拉上场，你看这样的马能用来打麦子吗？ 死了去吧！ 别烦我吧！"

小孩子拉马走出平场的门；到马槽子那里，去拉那个老马。 把小马束好在杆子间。 老马差不多完全脱了毛，小孩子不爱它，用勒带打着它走，可是它仍和一块石头或是一棵生了根的植物那样不容搬运。 老马是小马的妈妈，它停下来，用鼻头偎着小马肚皮间破裂的流着血的伤口。 小孩子看见他爱的小马流血，心中惨惨的眼泪要落出来，但是他没能晓得母子之情，因为他还没能看见妈妈，他是私生子。 脱着光毛的老动物，催逼着离开小马，鼻头染着一些血，走上麦场。

村前火车经过河桥，看不见火车，听见隆隆的声响。 王婆注意着旋上天空的黑烟。 前村的人家，驱着白菜车去进城，走过王婆的场子时，从车上抛下几个柿子来，一面说：

"你们是不种柿子的，这是贱东西，不值钱的东西，麦子是发财之道呀！"驱着车子的青年结实的汉子过去了，鞭子甩响着。

老马看着墙外的马不叫一声，也不响鼻子。 小孩去拿柿子吃，柿子还不十分成熟，半青色的柿子，永远被人们摘取下来。

马静静地停在那里，连尾巴也不甩摆一下。 也不去用嘴触一触石磋；就连眼睛它也不远看一下，同时它也不怕什么工作，工作起来的时候，它就安心去开始；一些绳索束上身时，它就跟住主人的鞭子。 主人的鞭子很少落到它的皮骨，有时它过分疲惫而不能支持，行走过分缓慢；主人打了它，用鞭子，或是用别的什么，但是它并不暴跳，因为一切过去的年代规定了它。

麦穗在场上渐渐不成形了！

"来呀！ 在这儿拉一会马呀！ 平儿！"

"我不愿意和老马在一块，老马整天象睡着。"

平儿囊中带着柿子走到一边去吃，王婆怨怒着："好孩子呀！ 我管不好你，你还有爹哩！"

平儿没有理谁，走出场子，向着东边种着花的地端走去。 他看着红花，吃着柿子走。

灰色的老幽灵暴怒了："我去唤你的爹爹来管教你呀！"

她象一只灰色的大鸟走出场去。

清早的叶子们，树的叶子们，花的叶子们，闪着银珠了！ 太阳不着边际的圆轮在高粱棵的上端；左近的家屋在预备早饭了。

老马自己在滚压麦穗，勒带在嘴下拖着，它不偷食麦粒，它不走脱了轨，转过一个圈，再转过一个，绳子和皮条有次序的向它光皮的身子磨擦，老动物自己无声地动在那里。

种麦的人家，麦草堆得高涨起来了！ 福发家的草堆也涨过墙头。 福发的女人吸起烟管。 她是健壮而短小，烟管随意冒着烟；手中的耙子，不住地耙在平场。

侄儿打着鞭子行经在前面的林荫，静静悄悄地他唱着寂寞的歌声；她为歌声感动了！ 耙子快要停下来，歌声仍起在林端：

昨晨落着毛毛雨……

小姑娘，披蓑衣……

小姑娘，去打鱼……

二 菜圃

菜圃上寂寞的大红的西红柿，红着了。 小姑娘们摘取着柿子，大红大红的柿子，盛满她们的筐篮；也有的在拔青萝卜，红萝卜。

金枝听着鞭子响，听着口哨响，她猛然站起来，提好她的筐子惊惊怕怕的走出菜圃。 在菜田东边，柳条墙的那个地方停下，她听一听口笛渐渐远了！

鞭子的响声与她隔离着了！ 她忍耐着等了一会，口笛婉转地从背后的方向透过来；她又将与他接近着了！ 菜田上一些女人望见她，远远的呼唤："你不来摘柿子，干什么站到那儿？"

她摇一摇她成双的辫子，她大声摆着手说："我要回家了！"

姑娘假装着回家，绕过人家的篱墙，躲避一切菜田上的眼睛，朝向河湾去了。 筐子挂在腕上，摇摇搭搭。 口笛不住地在远方催逼她，仿佛她是一块被引的铁跟住了磁石。

静静的河湾有水湿的气味，男人等在那里。

五分钟过后，姑娘仍和小鸡一般，被野兽压在那里。 男人着了疯了！ 他的大手故意一般地捉紧另一块肉体，想要吞食那块肉体，想要破坏那块热的肉。 尽量的充涨了血管，仿佛他是在一条白的死尸上面跳动，女人赤白的圆形的腿子，不能盘结住他。 于是一切音响从两个贪婪着的怪物身上创造出来。

迷迷荡荡的一些花穗颤在那里，背后的长茎草倒折了！不远的地方打柴的老人在割野草。 他们受着惊扰了，发育完强的青年的汉子，带着姑娘，像猎犬带着捕捉物似的，又走下高粱地去。 他手是在姑娘的衣裳下面展开着走。

吹口哨，响着鞭子，他觉得人间是温存而愉快。 他的灵魂和肉体完全充实着，婶婶远远的望见他，走近一点，婶婶说："你和那个姑娘又遇见吗？　她真是个好姑娘。　……唉……唉！"

婶婶象是烦躁一般紧紧靠住篱墙。　侄儿向她说："婶娘你唉唉什么呢？　我要娶她哩！"

"唉……唉……"

婶婶完全悲伤下去，她说："等你娶过来，她会变样，她不和原来一样，她的脸是青白色；你也再不把她放在心上，你会打骂她呀！　男人们心上放着女人，也就是你这样的年纪吧！"

婶婶表示出她的伤感，用手按住胸膛，她防止着心脏起什么变化，她又说："那姑娘我想该有了孩子吧？　你要娶她，就快些娶她。"

侄儿回答："她娘还不知道哩！　要寻一个做媒的人。"

牵着一条牛，福发回来。　婶婶望见了，她急旋着走回院中，假意收拾柴栏。　叔叔到井边给牛喝水，他又拉着牛走了！　婶婶好象小鼠一般又抬起头来，又和侄儿讲话："成业，我对你告诉吧！　年轻的时候，姑娘的时候，我也到河边去钓鱼，九月里落着毛毛雨的早晨，我披着蓑衣坐在河沿，没有想到，我也不愿意那样；我知道给男人做老婆是坏事，可是你叔叔，他从河沿把我拉到马房去，在马房里，我什么都完啦！　可是我心也不害怕，我欢喜给你叔叔做老婆。　这时节你看，我怕男人，男人和石块一般硬，叫我不敢触一触他。"

"你总是唱什么'落着毛毛雨，披蓑衣……去打鱼……'我再也不愿听这曲子，年轻人什么也不可靠，你叔叔也唱这曲子哩！这时他再也不想从前了！那和死过的树一样不能再活。"

年轻的男人不愿意听婶婶的话，转走到屋里，去喝一点酒。他为着酒，大胆把一切告诉了叔叔。福发起初只是摇头，后来慢慢的问着："那姑娘是十七岁吗？你是二十岁。小姑娘到咱们家里，会做什么活计？"

争夺着一般的，成业说："她长得好看哩！她有一双亮油油的黑辫子。什么活计她也能做，很有气力呢！"

成业的一些话，叔叔觉得他是喝醉了，往下叔叔没有说什么，坐在那里沉思过一会，他笑着望着他的女人。

"啊呀……我们从前也是这样哩！你忘记吗？那些事情，你忘记了吧！……哈……哈，有趣的呢，回想年轻真有趣的哩。"

女人过去拉着福发的臂，去抚媚他。但是没有动，她感到男人的笑脸不是从前的笑脸，她心中被他无数生气的面孔充塞住，她没有动，她笑一下赶忙又把笑脸收了回去。她怕笑得时间长，会要挨骂。男人叫把酒杯拿过去，女人听了这话，听了命令一般把杯子拿给他。于是丈夫也昏沉的睡在炕上。

女人悄悄地蹑着脚走出了，停在门边，她听着纸窗在耳边鸣，她完全无力，完全灰色下去。 场院前，蜻蜓们闹着向日葵的花。 但这与年轻的妇人绝对隔碍着。

纸窗渐渐的发白，渐渐可以分辨出窗棂来了！ 进过高粱地的姑娘一边幻想着一边哭，她是那样的低声，还不如窗纸的鸣响。

她的母亲翻转身时，哼着，有时也锉响牙齿。 金枝怕要挨打，连忙在黑暗中把眼泪也拭得干净，老鼠一般地整夜好象睡在猫的尾巴下。 通夜都是这样，每次母亲翻动时，象爆裂一般地，向自己的女孩的枕头的地方骂了一句："该死的！"

接着她便要吐痰，通夜是这样，她吐痰，可是她并不把痰吐到地上；她愿意把痰吐到女儿的脸上。 这次转身她什么也没有吐，也没骂。

可是清早，当女儿梳好头辫，要走上田的时候，她疯着一般夺下她的筐子：

"你还想摘柿子吗？ 金枝，你不象摘柿子吧？ 你把筐子都丢啦！ 我看你好象一点心肠也没有，打柴的人幸好是朱大爷，若是别人拾去还能找出来吗？ 若是别人拾得了筐子，名声也不能好听哩！ 福发的媳妇，不就是在河沿坏的事吗？ 全村就连孩子们也在传说。 唉！ ……那是怎样的人呀？ 以后婆家也找不出去。 她有了孩子，没法做了福发的老婆，她娘为这事羞死了似的，在村子里见人，都不能抬起头来。"

母亲看着金枝的脸色马上苍白起来，脸色变成那样脆弱。母亲以为女儿可怜了，但是她没晓得女儿的手从她自己的衣裳里边偷偷地按着肚子，金枝感到自己有了孩子一般恐怖。母亲说："你去吧！你可再别和小姑娘们到河沿去玩，记住，不许到河边去。"

母亲在门外看着姑娘走，她没立刻转回去，她停住在门前许多时间，眼望着姑娘加入田间的人群，母亲回到屋中一边烧饭，一边叹气，她体内象染着什么病患似的。

农家每天从田间回来才能吃早饭。金枝走回来时，母亲看见她手在按着肚子："你肚子疼吗？"

她被惊着了，手从衣裳里边抽出来，连忙摇着头："肚子不疼。"

"有病吗？"

"没有病。"

于是她们吃饭。金枝什么也没有吃下去，只吃过粥饭就离开饭桌了！母亲自己收拾了桌子说："连一片白菜叶也没吃呢！你是病了吧？"

等金枝出门时，母亲呼唤着："回来，再多穿一件夹袄，你一定是着了寒，才肚子疼。"

母亲加一件衣服给她，并且又说："你不要上地吧？我去吧！"

金枝一面摇着头走了！披在肩上的母亲的小袄没有扣组子，被风吹飘着。

金枝家的一片柿地，和一个院宇那样大的一片。走进柿地嗅到辣的气味，刺人而说不定是什么气味。 柿秧最高的有两尺高，在枝间挂着金红色的果实。

每棵，每棵挂着许多，也挂着绿色或是半绿色的一些。除了另一块柿地和金枝家的柿地接连着，左近全是菜田了！八月里人们忙着扒土豆；也有的砍着白菜，装好车子进城去卖。

二里半就是种菜田的人。 麻面婆来回的搬着大头菜，送到地端的车子上。

罗圈腿也是来回向地端跑着，有时他抱了两棵大型的圆白菜，走起来两臂象是架着两块石头样。

麻面婆看见身旁别人家的倭瓜红了。 她看一下，近处没有人，起始把靠菜地长着的四个大倭瓜都摘落下来了。 两个和小西瓜一样大的，她叫孩子抱着。 罗圈腿脸累得涨红，和倭瓜一般红，他不能再抱动了！ 两臂象要被什么压掉一般。还没能到地端，刚走过金枝身旁，他大声求救似的："爹呀，西……西瓜快要摔啦，快要摔碎啦！"

他着忙把倭瓜叫西瓜。 菜田许多人，看见这个孩子都笑了！ 凤姐望着金枝说："你看这个孩子，把倭瓜叫成西瓜。"

金枝看了一下，用面孔无心的笑了一下。 二里半走过来，踢了孩子一脚；两个大的果实坠地了！ 孩子没有哭，发愣地站到一边。 二里半骂他："混蛋，狗娘养的，叫你抱白菜，谁叫你摘倭瓜啦？ ……"

麻面婆在后面走着，她看到儿子遇了事，她巧妙的弯下身去，把两个更大的倭瓜丢进柿秧中。 谁都看见她作这种事，只是她自己感到巧妙。 二里半问她："你干的吗？ 胡涂虫！ 错非你……"

麻面婆哆嗦了一下，口齿比平常更不清楚了："……我没……"

孩子站在一边尖锐地嚷着："不是你摘下来叫我抱着送上车吗？ 不认账！"

麻面婆使着眼神，她急得要说出口来："我是偷的呢！该死的……别嚷叫啦，要被人抓住啦！"

平常最没有心肠看热闹的，不管田上发生了什么事，也沉埋在那里的人们，现在也来围住他们了！ 这里好象唱着武戏，戏台上耍着他们一家三人。

二里半骂着孩子。

"他妈的混账，不能干活，就能败坏，谁叫你摘倭瓜？"

罗圈腿那个孩子，一点也不服气的跑过去，从柿秧中把倭瓜滚弄出来了！

大家都笑了，笑声超过人头。 可是金枝好象患着传染病的小鸡一般，映着眼睛蹲在柿秧下，她什么也没有理会，她逃出了眼前的世界。

二里半气愤得几乎不能呼吸，等他说出"倭瓜"是自家种的，为着留种子的时候，麻面婆站在那里才松了一口气，她以为这没有什么过错，偷摘自己的倭瓜。 她仰起头来向大家表白："你们看，我不知道，实在不知道倭瓜是自家的呢！"

麻面婆不管自己说话好笑不好笑，挤过人围，结果把倭瓜抱到车子那里。

于是车子走向进城的大道，弯腿的孩子拐拐歪歪跑在后面。马，车，人渐渐消失在道口了！

田间不断的讲着偷菜棵的事。关于金枝也起着流言："那个丫头也算完啦！"

"我早看她起了邪心，看她摘一个柿子要半天工夫；昨天把柿筐都忘在河沿！"

"河沿不是好人去的地方。"

凤姐身后，两个中年的妇人坐在那里扒胡萝卜。可是议论着，有时也说出一些淫污的话，使凤姐不大明白。

金枝的心总是悸动着，时间象蜘蛛缕着丝线那样绵长；心境坏到极点。

金枝脸色脆弱朦胧得象罩着一块面纱。她听一听口哨还没有响。辽远的可以看到福发家的围墙，可是她心中的哥儿却永不见出来。她又继续摘柿子，无论青色的柿子她也摘下。她没能注意到柿子的颜色，并且筐子也满着了！她不把柿子送回家去，一些杂色的柿子，被她散乱的铺了满地。那边又有女人故意大声议论她："上河沿去跟男人，没羞的，男人扯开她的裤子！……"

金枝关于眼前的一切景物和声音，她忽略过去；她把肚子按得那样紧，仿佛肚子里面跳动了！ 忽然口哨传来了！ 她站起来，一个柿子被踏碎，象是被踏碎的蛤蟆一样，发出水声。 她跌倒了，口哨也跟着消灭了！ 以后无论她怎样听，口哨也不再响了。

金枝和男人接触过三次：第一次还是在两个月以前，可是那时母亲什么也不知道，直到昨天筐子落到打柴人手里，母亲算是渺渺茫茫的猜度着一些。

金枝过于痛苦了，觉得肚子变成个可怕的怪物，觉得里面有一块硬的地方，手按得紧些，硬的地方更明显。 等她确信肚子有了孩子的时候，她的心立刻发呕一般颤栗起来，她被恐怖把握着。 奇怪的，两个蝴蝶叠落着贴落在她的膝头。 金枝看着这邪恶的一对虫子而不拂去它。 金枝仿佛是米田上的稻草人。

母亲来了，母亲的心远远就系在女儿的身上。 可是她安静地走来，远看她的身体几乎呈出一个完整的方形，渐渐可以辨得出她尖形的脚在袋口一般的衣襟下起伏的动作。 在全村的老妇人中什么是她的特征呢？ 她发怒和笑着一般，眼角集着愉悦的多形的纹皱。 嘴角也完全愉快着，只是上唇有些差别，在她真正愉快的时候，她的上唇短了一些；在她生气的时候，上唇特别长，而且唇的中央那一小部分尖尖的，完全象鸟雀的嘴。

母亲停住了。 她的嘴是显着她的特征，——全脸笑着，只是嘴和鸟雀的嘴一般。 因为无数青色的柿子惹怒她了！

金枝在沉想的深渊中被母亲踢打了："你发傻了吗？ 啊……你失掉了魂啦？ 我撕掉你的辫子……"

金枝没有挣扎，倒了下来；母亲和老虎一般捕住自己的女儿。 金枝的鼻子立刻流血。

她小声骂她，大怒的时候她的脸色更畅快，笑着慢慢地掀着尖唇，眼角的线条更加多的组织起来。

"小老婆，你真能败毁。 摘青柿子。 昨夜我骂了你，不服气吗？"

母亲一向是这样，很爱护女儿，可是当女儿败坏了菜棵，母亲便去爱护菜棵了。 农家无论是菜棵，或是一株茅草也要超过人的价值。

该睡觉的时候了！ 火绳从门边挂手巾的铁丝上倒垂下来，屋中听不着一个蚊虫飞了！ 夏夜每家挂着火绳。 那绳子缓慢而绵长地燃着。 惯常了，那象庙堂中燃着的香火，沉沉的一切使人无所听闻，渐渐催人入睡。 艾蒿的气味渐渐织入一些疲乏的梦魂去。 蚊虫被艾蒿烟驱走。 金枝同母亲还没有睡的时候，有人来在窗外，轻慢地咳嗽着。

母亲忙点灯火，门响开了！ 是二里半来了。 无论怎样母亲不能把灯点着，灯芯处爆着水的炸响，母亲手中举着一支火柴，把小灯列得和眉头一般高，她说："一点点油也没有了呢！"

金枝到外房去倒油。 这个时间，他们谈说一些突然的事情。

母亲关于这事惊恐似的，坚决的，感到羞辱一般的荡着头："那是不行，我的女儿不能配到那家子人家。"

二里半听着姑娘在外房盖好油罐子的声音，他往下没有说什么。 金枝站在门限向妈妈问："豆油没有了，装一点水吧？"

金枝把小灯装好，摆在炕沿，燃着了！ 可是二里半到她家来的意义是为着她，她一点不知道。 二里半为着烟袋向倒悬的火绳取火。

母亲，手在按住枕头，她象是想什么，两条直眉几乎相连起来。 女儿在她身边向着小灯垂下头。 二里半的烟火每当他吸过了一口便红了一阵。 艾蒿烟混加着烟叶的气味，使小屋变做地下的窖子一样黑重！ 二里半作窘一般的咳嗽了几声。 金枝把流血的鼻子换上另一块棉花。 因为没有言语，每个人起着微小的潜意识的动作。

就这样坐着，灯火又响了。 水上的浮油烧尽的时候，小灯又要灭，二里半沉闷着走了！ 二里半为人说媒被拒绝，羞辱一般的走了。

中秋节过去，田间变成残败的田间；太阳的光线渐渐从高空忧郁下来，阴湿的气息在田间到处撩走。 南部的高粱完全睡倒下来，接接连连的望去，黄豆秧和揉乱的头发一样蓬蓬在地面，也有的地面完全拔秃似的。

早晨和晚间都是一样，田间憔悴起来。 只见车子，牛车和马车轮轮滚滚地载满高粱的穗头和大豆的秆秧。 牛们流着口涎，头愚直地挂下着，发出响动的车子前进。

福发的侄子驱着一条青色的牛，向自家的场院载拖高粱。他故意绕走一条曲道，那里是金枝的家门，她的心胀裂一般地惊慌，鞭子于是响起来了。

金枝放下手中红色的辣椒，向母亲说："我去一趟茅屋。"

于是老太太自己穿辣椒，她穿辣椒和纺织一般快。

金枝的辫子毛毛着，脸是完全充了血。但是她患着病的现象，把她变成和纸人似的，象被风飘着似的出现在房后的围墙。

你害病吗？倒是为什么呢？但是成业是乡村长大的孩子，他什么也不懂得问。他丢下鞭子，从围墙宛如飞鸟落过墙头，用腕力搂住病的姑娘；把她压在墙角的灰堆上，那样他不是想要接吻她，也不是想要热情的讲些情话，他只是被本能支使着想要动作一切。金枝打厮着一般的说："不行啦！娘也许知道啦，怎么媒人还不见来？"

男人回答："嗳，李大叔不是来过吗？你一点不知道！他说你娘不愿意。明天他和我叔叔一道来。"

金枝按着肚子给他看，一面摇头："不是呀！……不是呀！你看到这个样子啦！"

男人完全不关心，他小声响起："管他妈的，活该愿意不愿意，反正是干啦！"

他的眼光又失常了，男人仍被本能不停的要求着。

母亲的咳嗽声，轻轻地从薄墙透出来。 墙外青牛的角上挂着秋空的游丝，轻轻地浮荡着……

母亲和女儿在吃晚饭，金枝呕吐起来，母亲问她："你吃了苍蝇吗？"

她摇头。 母亲又问："是着了寒吧！ 怎么你总有病呢？你连饭都咽不下去。 不是有痨病啦？！"

母亲说着去按女儿的腹部，手在夹衣上来回的摸了阵。手指四张着在肚子上思索了又思索："你有了痨病吧？ 肚子里有一块硬呢！ 有痨病人的肚子才是硬一块。"

女儿的眼泪要垂流一般地挂到眼毛的边缘，最后滚动着从眼毛滴下来了！ 就是在夜里，金枝也起来到外边去呕吐，母亲迷蒙中听着叫娘的声音。

窗上的月光差不多和白昼一般明，看得清金枝的半身拖在炕下，另半身是弯在枕上。 头发完全埋没着脸面。 等母亲拉她手的时候，她抽扭着说起："娘……把女儿嫁给福发的侄子吧！ 我肚里不是……病，是……"

到这样时节母亲更要打骂女儿了吧？ 可不是那样，母亲好象本身有了罪恶，听了这话，立刻麻木着了，很长的时间她象不存在一样。 过了一刻母亲用她从不用过温和的声调说："你要嫁过去吗？ 二里半那天来说媒，我是顶走他的，到如今这事怎么办呢？"

母亲似乎是平息了一下，她又想说，但是泪水塞住了她的嗓子，象是女儿窒息了她的生命似的，好象女儿把她羞辱死了!

三　老马走进屠场

　　老马走上进城的大道，私宰场就在城门的东边。 那里的屠刀正张着，在等待这个残老的动物。

　　老王婆不牵着她的马儿，在后面用一条短枝驱着它前进。

　　大树林子里有黄叶回旋着，那是些呼叫着的黄叶。 望向林子的那端，全林的树棵，仿佛是关落下来的大伞。 凄沉的阳光，晒着所有的秃树。 田间望遍了远近的人家。 深秋的田地好象没有感觉的光了毛的皮革，远近平铺着。

　　夏季埋在植物里的家屋，现在明显地好象突出地面一般，好象新从地面突出。

　　深秋带来的黄叶，赶走了夏季的蝴蝶。 一张叶子落到王婆的头上，叶子是安静地伏贴在那里。 王婆驱着她的老马，头上顶着飘落的黄叶；老马，老人，配着一张老的叶子，他们走在进城的大道。

　　道口渐渐看见人影，渐渐看见那个人吸烟，二里半迎面来了。 他长形的脸孔配起摆动的身子来，有点象一个驯顺的猿猴。 他说："唉呀！ 起得太早啦！ 进城去有事吗？ 怎么，驱着马进城，不装车粮拉着?"

　　振一振袖子，把耳边的头发向后抚弄一下，王婆的手颤抖着说了："到日子了呢！ 下汤锅去吧！"王婆什么心情也没有，她看着马在吃道旁的叶子。

她用短枝驱着又前进了。

二里半感到非常悲痛。 他痉挛着了。 过了一个时刻转过身来，他赶上去说："下汤锅是下不得的，……下汤锅是下不得……"但是怎样办呢？ 二里半连半句语言也没有了！他扭歪着身子跨到前面，用手摸一摸马儿的鬃发。

老马立刻响着鼻子了！ 它的眼睛哭着一般，湿润而模糊。 悲伤立刻掠过王婆的心孔。 哑着嗓子，王婆说："算了吧！ 算了吧！ 不下汤锅，还不是等着饿死吗？"

深秋秃叶的树，为了惨厉的风变，脱去了灵魂一般吹啸着。 马行在前面，王婆随在后面，一步一步屠场近着了；一步一步风声送着老马归去。

王婆她自己想着：一个人怎么变得这样厉害？ 年轻的时候，不是常常为着送老马或是老牛过屠场吗？ 她颤寒起来，幻想着屠刀要象穿过自己的背脊，于是，手中的短枝脱落了！ 她茫然晕昏地停在道旁，头发舞着好象个鬼魂样。等她重新拾起短枝来，老马不见了！ 它到前面小水沟的地方喝水去了！

这是它最末一次饮水吧！ 老马需要饮水，它也需要休息，在水沟旁倒卧下了！

它慢慢呼吸着。 王婆用低音、慈和的音调呼唤着："起来吧！ 走进城去吧，有什么法子呢？"马仍然仰卧着。 王婆看一看日午了，还要赶回去烧午饭，但，任她怎样拉缰绳，马仍是没有移动。

王婆恼怒着了！ 她用短枝打着它起来。 虽是起来，老马仍然贪恋着小水沟。 王婆因为苦痛的人生，使她易于暴怒，树枝在马儿的脊骨上断成半截。

又安然走在大道上了！ 经过一些荒凉的家屋，经过几座颓败的小庙。 一个小庙前躺着个死了的小孩，那是用一捆谷草束扎着的。 孩子小小的头顶露在外面，可怜的小脚从草梢直伸出来；他是谁家的孩子，睡在这旷野的小庙前？

屠场近着了，城门就在眼前；王婆的心更翻着不停了。

五年前它也是一匹年轻的马，为了耕种，伤害得只有毛皮蒙遮着骨架。

现在它是老了！ 秋末了！ 收割完了！ 没有用处了！只为一张马皮，主人忍心把它送进屠场。 就是一张马皮的价值，地主又要从王婆的手里夺去。

王婆的心自己感觉得好象悬起来；好象要掉落一般，当她看见板墙钉着一张牛皮的时候。 那一条小街尽是一些要坍落的房屋；女人啦，孩子啦，散集在两旁。 地面踏起的灰粉，污没着鞋子，冲上人的鼻孔。 孩子们抬起土块，或是垃圾团打击着马儿，王婆骂道：“该死的呀！ 你们这该死的一群。”

这是一条短短的街。 就在短街的尽头，张开两张黑色的门扇。 再走近一点，可以发见门扇斑斑点点的血印。 被血痕所恐吓的老太婆好象自己踏在刑场了！ 她努力镇压着自己，不让一些年轻时所见到的刑场上的回忆翻动。 但，那回忆却连续的开始织张——一个小伙子倒下来了，一个老头也倒下来了！

挥刀的人又向第三个人作着势子。

仿佛是箭，又象火刺烧着王婆，她看不见那一群孩子在打马，她忘记怎样去骂那一群顽皮的孩子。 走着，走着，立在院心了。 四面板墙钉住无数张毛皮。 靠近房檐立了两条高杆，高杆中央横着横梁；马蹄或是牛蹄折下来用麻绳把两只蹄端扎连在一起，做一个叉形挂在上面，一团一团的肠子也搅在上面；肠子因为日久了，干成黑色不动而僵直的片状的绳索。 并且那些折断的腿骨，有的从折断处涔滴着血。

在南面靠墙的地方也立着高杆，杆头晒着在蒸气的肠索。 这是说，那个动物是被杀死不久哩！ 肠子还热着呀！

满院在蒸发腥气，在这腥味的人间，王婆快要变做一块铅了！ 沉重而没有感觉了！

老马——棕色的马，它孤独地站在板墙下，它借助那张钉好的毛皮在搔痒。 此刻它仍是马，过一会它将也是一张皮了！

一个大眼睛的恶面孔跑出来，裂着胸襟。 说话时，可见他胸膛在起伏。

"牵来了吗？ 啊！ 价钱好说，我好来看一下。"

王婆说："给几个钱我就走了！ 不要麻烦啦。"

那个人打一打马的尾巴，用脚踢一踢马蹄；这是怎样难忍的一刻呀！

王婆得到三张票子，这可以充纳一亩地租。看着钱比较自慰些，她低着头向大门走去，她想还余下一点钱到酒店去买一点酒带回去，她已经跨出大门，后面发着响声："不行，不行，……马走啦！"

王婆回过头来，马又走在后面；马什么也不知道，仍想回家。屠场中出来一些男人，那些恶面孔们，想要把马抬回去，终于马躺在道旁了！象树根盘结在地中。无法，王婆又走回院中，马也跟回院中。她给马搔着头顶，它渐渐卧在地面了！渐渐想睡着了！忽然王婆站起来向大门奔走。在道口听见一阵关门声。

她哪有心肠买酒？她哭着回家，两只袖子完全湿透。那好象是送葬归来一般。

家中地主的使人早等在门前，地主们就连一块铜板也从不舍弃在贫农们的身上，那个使人取了钱走去。

王婆半日的痛苦没有代价了！王婆一生的痛苦也都是没有代价。

四　荒山

冬天，女人们象松树子那样容易结聚，在王婆家里满炕坐着女人。五姑姑在编麻鞋，她为着笑，弄得一条针丢在席缝里，她寻找针的时候，做出可笑的姿势来，她象一个灵活的小鸽子站起来在炕上跳着走，她说："谁偷了我的针？ 小狗偷了我的针？"

"不是呀！ 小姑爷偷了你的针！"

新娶来的菱芝嫂嫂，总是爱说这一类的话。 五姑姑走过去要打她。

"莫要打，打人将要找一个麻面的姑爷。"

王婆在厨房里这样搭起声来；王婆永久是一阵幽默，一阵欢喜，与乡村中别的老妇们不同。 她的声音又从厨房传来："五姑姑编成几双麻鞋了？ 给小丈夫要多多编几双呀！"

五姑姑坐在那里做出表情来，她说："哪里有你这样的老太婆，快五十岁了，还说这样话！"

王婆又庄严点说："你们都年轻，哪里懂得什么，多多编几双吧！ 小丈夫才会稀罕哩。"

大家哗笑着了！ 但五姑姑不敢笑，心里笑，垂下头去，假装在席上找针。

等菱芝嫂把针还给五姑姑的时候，屋子安然下来。 厨房里王婆用刀刮着鱼鳞的声响，和窗外雪擦着窗纸的声响，混杂在一起了。

王婆用冷水洗着冻冰的鱼，两只手象个胡萝卜样。 她走到炕沿，在火盆边烘手。 生着斑点在鼻子上、新死去丈夫的妇人放下那张小破布，在一堆乱布里去寻更小的一块；她迅速地穿补。 她的面孔有点象王婆，腮骨很高，眼睛和琉璃一般深嵌在好象小洞似的眼眶里。 并且也和王婆一样，眉峰是突出的。 那个女人不喜欢听一些妖艳的词句，她开始追问王婆："你的第一家那个丈夫还活着吗？"

两只在烘着的手，有点腥气；一颗鱼鳞掉下去，发出小小响声，微微上腾着烟。 她用盆边的灰把烟埋住，她慢慢摇着头，没有回答那个问话。 鱼鳞烧的烟有点难耐，每个人皱一下鼻头，或是用手揉一揉鼻头。 生着斑点的寡妇，有点后悔，觉得不应该问这话。 墙角坐着五姑姑的姐姐，她用麻绳穿着鞋底的沙音单调地起落着。

厨房的门，因为结了冰，破裂一般地鸣叫。

"呀！ 怎么买这些黑鱼？"

大家都知道是打鱼村的李二婶子来了。 听了声音，就可以想象她稍长的身子。

"真是快过年了？ 真有钱买这些鱼？"

在冷空气中，音波响得很脆；刚踏进里屋，她就看见炕上坐满着人。"都在这儿聚堆呢！ 小老婆们！"

她生得这般瘦。 腰，临风就要折断似的；她的奶子那样高，好象两个对立的小岭。 斜面看她的肚子似乎有些不平起来。 靠着墙给孩子吃奶的中年的妇人，观察着而后问："二婶子，不是又有了呵？"

二婶子看一看自己的腰身说："象你们呢！ 怀里抱着，肚子还装着……"

　　她故意在讲骗话，过了一会她坦白地告诉大家："那是三个月了呢！你们还看不出？"

　　菱芝嫂在她肚皮上摸了一下，她邪昵地浅浅地笑了："真没出息，整夜尽搂着男人睡吧？"

　　"谁说？你们新媳妇，才那样。"

　　"新媳妇……？哼！倒不见得！"

　　"象我们都老了！那不算一回事啦，你们年轻，那才了不得哪！小丈夫才会新鲜哩！"

　　每个人为了言词的引诱，都在幻想着自己，每个人都有些心跳；或是每个人的脸发烧。就连没出嫁的五姑姑都感着神秘而不安了！她羞着迷迷地经过厨房回家去了！只留下妇人们在一起，她们言调更无边际了！王婆也加入这一群妇人的队伍，她却不说什么，只是帮助着笑。

　　在乡村，永久不晓得，永久体验不到灵魂，只有物质来充实她们。

　　李二婶子小声问菱芝嫂，其实小声人们听得更清！

　　菱芝嫂她毕竟是新嫁娘，她猛然羞着了！不能开口。李二婶子的奶子颤动着，用手去推动菱芝嫂："说呀！你们年轻，每夜要有那事吧？"

　　在这样的当儿二里半的婆子进来了！二婶子推撞菱芝嫂一下："你快问问她！"

　　那个傻婆娘一向说话是有头无尾："十多回。"

　　全屋人都笑得流着眼泪了！孩子从母亲的怀中起来，大声的哭号。

李二婶子静默一会，她站起来说："月英要吃咸黄瓜，我还忘了，我是来拿黄瓜。"

李二婶子拿了黄瓜走了，王婆去烧晚饭，别人也陆续着回家了。 王婆自己在厨房里炸鱼。 为了烟，房中也不觉得寂寞。

鱼摆在桌子上，平儿也不回来，平儿的爹爹也不回来，暗色的光中王婆自己吃饭，热气伴着她。

月英是打鱼村最美丽的女人。 她家也最贫穷，和李二婶子隔壁住着。 她是如此温和，从不听她高声笑过，或是高声吵嚷。 生就的一对多情的眼睛，每个人接触她的眼光，好比落到绵绒中那样愉快和温暖。

可是现在那完全消失了！ 每夜李二婶子听到隔壁惨厉的哭声；十二月严寒的夜，隔壁的哼声愈见沉重了！

山上的雪被风吹着象要埋蔽这傍山的小房似的。 大树号叫，风雪向小房遮蒙下来。 一株山边斜歪着的大树，倒折下来。 寒月怕被一切声音扑碎似的，退缩到天边去了！ 这时候隔壁透出来的声音，更哀楚。

"你……你给我一点水吧！ 我渴死了！"

声音弱得柔惨欲断似的："嘴干死了！ ……把水碗给我呀！"

一个短时间内仍没有回应，于是那屡弱哀楚的小响不再作了！ 啜泣着，哼着，隔壁象是听到她流泪一般，滴滴点点地。

日间孩子们集聚在山坡，缘着树枝爬上去，顺着结冰的小道滑下来，他们有各样不同的姿势：——倒滚着下来，两腿分张着下来，也有冒险的孩子，把头向下，脚伸向空中溜下来。 常常他们要跌破流血回家。 冬天，对于村中的孩子们，和对于花果同样暴虐。 他们每人的耳朵春天要脓胀起来，手或是脚都裂开条口，乡村的母亲们对于孩子们永远和对敌人一般。 当孩子把爹爹的棉帽偷着戴起跑出去的时候，妈妈追在后面打骂着夺回来，妈妈们摧残孩子永久疯狂着。

王婆约会五姑姑来探望月英。 正走过山坡，平儿在那里。 平儿偷穿着爹爹的大毡靴子；他从山坡奔逃了！ 靴子好象两只大熊掌样挂在那个孩子的脚上。 平儿蹒跚着了！ 从山坡滚落着了！ 可怜的孩子带着那样黑大不相称的脚，球一般滚转下来，跌在山根的大树干上。 王婆宛如一阵风落到平儿的身上，那样好象山间的野兽要猎食小兽一般凶暴。 终于王婆提了靴子，平儿赤着脚回家，使平儿走在雪上，好象使他走在火上一般不能停留。 任孩子走得怎样远，王婆仍是说着："一双靴子要穿过三冬，踏破了哪里有钱买？ 你爹进城去都没穿哩！"

月英看见王婆还不及说话，她先哑了嗓子，王婆把靴子放在炕下，手在抹擦鼻涕："你好了一点？ 脸孔有一点血色了！"

月英把被子推动一下，但被子仍然伏盖在肩上，她说：

"我算完了，你看我连被子都拿不动了！"

月英坐在炕的当心。那幽黑的屋子好象佛龛，月英好象佛龛中坐着的女佛。用枕头四面围住她，就这样过了一年。一年月英没能倒下睡过。她患着瘫病，起初她的丈夫替她请神，烧香，也跑到土地庙前索药。后来就连城里的庙也去烧香。但是奇怪的是月英的病并不为这些香烟和神鬼所治好。以后做丈夫的觉得责任尽到了，并且月英一个月比一个月加病，做丈夫的感着伤心！他嘴里骂："娶了你这样老婆，真算不走运气！好象娶个小祖宗来家，供奉着你吧！"

起初因为她和他分辩，他还打她。现在不然了，绝望了！晚间他从城里卖完青菜回来，烧饭自己吃，吃完便睡下，一夜睡到天明；坐在一边那个受罪的女人一夜呼唤到天明。宛如一个人和一个鬼安放在一起，彼此不相关联。

月英说话只有舌尖在转动。王婆靠近她，同时那一种难忍的气味更强烈了！更强烈的从那一堆污浊的东西，发散出来。月英指点身后说："你们看看，这是那死鬼给我弄来的砖，他说我快死了！用不着被子了！用砖依住我，我全身一点肉都瘦空。那个没有天良的，他想法折磨我呀！"

五姑姑觉得男人太残忍，把砖块完全抛下炕去，月英的声音欲断一般又说："我不行啦！我怎么能行，我快死啦！"

她的眼睛，白眼珠完全变绿，整齐的一排前齿也完全变绿，她的头发烧焦了似的，紧贴住头皮。她象一只患病的猫儿，孤独而无望。

王婆给月英围好一张被子在腰间，月英说："看看我的身下，脏污死啦！"

王婆下地用条枝笼了盆火，火盆腾着烟放在月英身后。王婆打开她的被子时，看见那一些排泄物淹浸了那座小小的骨盘。五姑姑扶住月英的腰，但是她仍然使人心楚地在呼唤！

"唉哟，我的娘！……唉哟疼呀！"

她的腿象两条白色的竹竿平行着伸在前面。她的骨架在炕上正确的做成一个直角，这完全用线条组成的人形，只有头阔大些，头在身子上仿佛是一个灯笼挂在杆头。

王婆用麦草揩着她的身子，最后用一块湿布为她擦着。五姑姑在背后把她抱起来，当擦臀下时，王婆觉得有小小白色的东西落到手上，会蠕行似的。

借着火盆边的火光去细看，知道那是一些小蛆虫，她知道月英的臀下是腐了，小虫在那里活跃。月英的身体将变成小虫们的洞穴！王婆问月英："你的腿觉得有点痛没有？"

月英摇头。王婆用冷水洗她的腿骨，但她没有感觉，整个下体在那个瘫人象是外接的，是另外的一件物体。当给她一杯水喝的时候，王婆问："牙怎么绿了？"

终于五姑姑到隔壁借一面镜子来，同时她看了镜子，悲痛沁人心魂地，她大哭起来。但面孔上不见一点泪珠，仿佛是猫忽然被辗轧，她难忍的声音，没有温情的声音，开始低嘎。

她说："我是个鬼啦！ 快些死了吧，活埋了我吧！"

她用手来撕头发，脊骨摇扭着，一个长久的时间她忙乱不停。 现在停下了，她是那样无力，头是歪斜地横在肩上；她又那样微微地睡去。

王婆提了靴子走出这个傍山的小房。 荒寂的山上有行人走在天边，她晕眩了！ 为着强的光线，为着瘫人的气味，为着生、老、病、死的烦恼，她的思路被一些烦恼的波所遮拦。

五姑姑当走进大门时向王婆打了个招呼。 留下一段更长的路途，给那个经验过多样人生的老太婆去走吧！

王婆束紧头上的蓝布巾，加快了速度，雪在脚下也相伴而狂速地呼叫。

三天以后，月英的棺材抬着横过荒山而奔着去埋葬，葬在荒山下。

死人死了！ 活人计算着怎样活下去。 冬天女人们预备夏季的衣裳；男人们计虑着怎样开始明年的耕种。

那天赵三进城回来，他披着两张羊皮回家，王婆问他："哪里来的羊皮？ ——你买的吗？ ……哪来的钱呢？ ……"

赵三有什么事在心中似的，他什么也没言语。 摇闪的经过炉灶，通红的火光立刻鲜明着，他走出去了。

夜深的时候他还没有回来。 王婆命令平儿去找他。 平儿的脚已是难于行动，于是王婆就到二里半家去，他不在二里半家，他到打鱼村去了。 赵三阔大的喉咙从李青山家的窗纸透出，王婆知道他又是喝过了酒。 当她推门的时候她就说："什么时候了？ 还不回家去睡？"

这样立刻全屋别的男人们也把嘴角合起来。 王婆感到不能意料了。 青山的女人也没在家，孩子也不见。 赵三说："你来干什么？ 回去睡吧！ 我就去……去……"

王婆看一看赵三的脸神，看一看周围也没有可坐的地方，她转身出来，她的心徘徊着：——青山的媳妇怎么不在家呢？ 这些人是在做什么？

又是一个晚间。 赵三穿好新制成的羊皮小袄出去。 夜半才回来。 披着月亮敲门。 王婆知道他又是喝过了酒，但他睡的时候，王婆一点酒味也没嗅到。

那么出去做些什么呢？ 总是愤怒的归来。

李二婶子拖了她的孩子来了，她问："是地租加了价吗？"

王婆说："我还没听说。"

李二婶子做出一个确定的表情："是的呀！ 你还不知道吗？ 三哥天天到我家去和他爹商量这事。 我看这种情形非出事不可，他们天天夜晚计算着，就连我，他们也躲着。 昨夜我站在窗外才听到他们说哩！'打死他吧！ 那是一块恶祸。'你想他们是要打死谁呢？ 这不是要出人命吗？"

李二婶子抚着孩子的头顶，有一点哀怜的样子："你要劝说三哥，他们若是出了事，象我们怎样活？ 孩子还都小着哩!"

五姑姑和别的村妇们带着她们的小包袱，约会着来的，踏进来的时候，她们是满脸盈笑。可是立刻她们转变了，当她们看见李二婶子和王婆默无言语的时候。

也把事件告诉了她们，她们也立刻忧郁起来，一点闲情也没有！一点笑声也没有，每个人痴呆地想了想，惊恐地探问了几句。五姑姑的姐姐，她是第一个扭着大圆的肚子走出去，就这样一个连着一个寂寞的走去。她们好象群聚的鱼似的，忽然有钓竿投下来，她们四下分行去了！

李二婶子仍没有走，她为的是嘱告王婆怎样破坏这件险事。

赵三这几天常常不在家吃饭；李二婶子一天来过三四次。

"三哥还没回来？他爹爹也没回来。"

一直到第二天下午赵三回来了，当进门的时候，他打了平儿。因为平儿的脚病着，一群孩子集到家来玩。在院心放了一点米，一块长板用短条棍架着，条棍上系着根长绳，绳子从门限拉进去，雀子们去啄食谷粮，孩子们蹲在门限守望，什么时候雀子满集成堆时，那时候，孩子们就抽动绳索。许多饥饿的麻雀丧亡在长板下。厨房里充满了雀毛的气味，孩子们在灶膛里烧食过许多雀子。

赵三焦烦着，他看着一只鸡被孩子们打住。他把板子给踢翻了！他坐在炕沿上燃着小烟袋，王婆把早饭从锅里摆出来。 他说："我吃过了！"

于是平儿来吃这些残饭。

"你们的事情预备得怎样了？ 能下手便下手。"

他惊疑。 怎么会走漏消息呢？ 王婆又说："我知道的，我还能弄支枪来。"

他无从想象自己的老婆有这样的胆量。 王婆真的找来一支老洋炮。 可是赵三还从没用过枪。 晚上平儿睡了以后王婆教他怎样装火药，怎样上炮子。

赵三对于他的女人慢慢感着可以敬重！ 但是更秘密一点的事情总不向她说。

忽然从牛棚里发现五个新镰刀。 王婆臆度这事情是不远了！

李二婶子和别的村妇们挤上门来探听消息的时候，王婆的头沉埋一下，她说："没有那回事，他们想到一百里路外去打围，弄得几张兽皮大家分用。"

是在过年的前夜，事情终于发生了！ 北地端鲜红的血染着雪地；但事情做错了！ 赵三近些日子有些失常，一条梨木杆打折了小偷的腿骨。 他去呼唤二里半，想要把那小偷丢到土坑去，用雪埋起来，二里半说："不行，开春时节，土坑发见死尸，传出风声，那是人命哩！"

村中人听着极痛的呼叫，四面出来寻找。 赵三拖着独腿人转着弯跑，但他不能把他掩藏起来。 在赵三惶恐的心情下，他愿意寻到一个井把他放下去。

赵三弄了满手血。

惊动了全村的人，村长进城去报告警所。

于是赵三去坐监狱，李青山他们的"镰刀会"少了赵三也就衰弱了！ 消灭了！

正月末赵三受了主人的帮忙，把他从监狱提放出来。 那时他头发很长，脸也灰白了些，他有点苍老。

为着给那个折腿的小偷做赔偿，他牵了那条仅有的牛上市去卖。 小羊皮袄也许是卖了？ 再不见他穿了！

晚间李青山他们来的时候，赵三忏悔一般地说："我做错了！ 也许是我该招的灾祸：那是一个天将黑的时候，我正喝酒，听着平儿大喊有人偷柴。 刘二爷前些日子来说要加地租，我不答应，我说我们联合起来不给他加，于是他走了！ 过了几天他又来，说：非加不可。 再不然叫你们滚蛋！ 我说好啊！ 等着你吧！ 那个管事的，他说：你还要造反？ 不滚蛋，你们的草堆，就要着火！ 我只当是那个小子来点着我的柴堆呢！ 拿着杆子跑出去就把腿给打断了！ 打断了也甘心，谁想那是一个小偷！ 哈哈！ 小偷倒霉了！ 就是治好，那也是跛子了！"

关于"镰刀会"的事情他象忘记了一般，李青山问他："我们应该怎样铲除刘二爷那恶棍？"

是赵三说的话："打死他吧！ 那个恶祸。"

这是从前他说的话，现在他又不那样说了："铲除他又能怎样？ 我招灾祸，刘二爷也向东家①说了不少好话。 从前我是错了！ 也许现在是受了责罚！"

他说话时不象从前那样英气了！ 脸上有点带着忏悔的意味，羞惭和不安了。 王婆坐在一边，听了这话她后脑上的小发卷也象生着气："我没见过这样的汉子，起初看来还象一块铁，后来越看越是一堆泥了！"

赵三笑了："人不能没有良心！"

于是好良心的赵三天天进城，弄一点白菜担着给东家送去，弄一点地豆也给东家送去。 为着送这一类菜，王婆同他激烈地吵打，但他绝对保持着他的良心。

有一天少东家出来，站在门阶上象训诲着他一般："好险！ 若不为你说一句话，三年大狱你可怎么蹲呢？ 那个小偷他算没走好运呢！ 你看我来着手给你办，用不着给他接腿，让他死了就完啦。 你把卖牛的钱也好省下，我们是'地东''地户'，哪有看着过去的……"

说话的中间，间断了一会，少东家把话尾落到别处去："不过今年地租是得加。 左近地邻不都是加了价吗？ 地东地户年头多了，不过得……少加一点。"

过不了几天小偷从医院抬出来，可真的死了就完了！ 把赵三的牛钱归还一半，另一半少东家说是用做杂费了。

二月了。 山上的积雪现出毁灭的色调。 但荒山上却有

① 东家，即地主。——作者原注

行人来往。 渐渐有送粪的人担着担子行过荒凉的山岭。 农民们蛰伏的虫子样又醒过来。 渐渐送粪的车子也忙着了！ 只有赵三的车子没有牛挽，平儿冒着汗和爹爹并架着车辕。

　　地租就这样加成了！

五　羊群

　　平儿被雇做了牧羊童。 他追打群羊跑遍山坡。 山顶象是开着小花一般，绿了！ 而变红了！ 山顶拾野菜的孩子，平儿不断地戏弄她们，他单独地赶着一只羊去吃她们筐子里拾得的野菜。 有时他选一条大身体的羊，象骑马一样地骑着来了！ 小的女孩们吓得哭着，她们看他象个猴子坐在羊背上。 平儿从牧羊时起，他的本领渐渐得以发展。 他把羊赶到荒凉的地方去，召集村中所有的孩子练习骑羊。 每天那些羊和不喜欢行动的猪一样散遍在旷野。

　　行在归途上，前面白茫茫的一片，他在最后的一个羊背上，仿佛是大将统治着兵卒一般，他手耍着鞭子，觉得十分得意。

　　"你吃饱了吗，午饭？"

　　赵三对儿子温和了许多。 从遇事以后他好象是温顺了。

　　那天平儿正戏耍在羊背上，在进大门的时候，羊疯狂地跑着，使他不能从羊背跳下，那样他象耍着的羊上张狂的猴子。 一个下雨的天气，在羊背上进大门的时候，他把小孩撞倒，主人用拾柴的耙子把他打下羊背来，仍是不停，象打着一块死肉一般。

夜里，平儿不能睡，辗翻着不能睡，爹爹动着他庞大的手掌拍抚他："跑了一天！ 还不困倦，快快睡吧！ 早早起来好上工！"

平儿在爹爹温顺的手下，感到委屈了！

"我挨打了！ 屁股疼。"

爹爹起来，在一个纸包里取出一点红色的药粉给他涂擦破口的地方。

爹爹是老了！ 孩子还那样小，赵三感到人活着没有什么意趣了。 第二天平儿去上工被辞退回来，赵三坐在厨房用谷草正织鸡笼，他说："好啊！ 明天跟爹爹去卖鸡笼吧！"

天将明，他叫着孩子："起来吧！ 跟爹爹去卖鸡笼。"

王婆把米饭用手打成坚实的团子，进城的父子装进衣袋去，算做午餐。

第一天卖出去的鸡笼很少，晚间又都背着回来。 王婆弄着米缸响："我说多留些米吃，你偏要卖出去……又吃什么呢？ ……又吃什么呢？"

老头子把怀中的铜板给她，她说："不是今天没有吃的，是明天呀！"

赵三说："明天，那好说，明天多卖出几个笼子就有了！"

一个上午，十个鸡笼卖出去了！ 只剩三个大些的，堆在那里。 爹爹手心上数着票子，平儿在吃饭团。

"一百枚还多着，我们该去喝碗豆腐脑来！"

他们就到不远的那个布棚下，蹲在担子旁吃着冒气的食品。 是平儿先吃，爹爹的那碗才正在上面倒醋。 平儿对于这食品是怎样新鲜呀！ 一碗豆腐脑是怎样舒畅着平儿的小肠子呀！ 他的眼睛圆圆地把一碗豆腐脑吞食完了！

那个叫卖人说："孩子再来一碗吧！"

爹爹惊奇着："吃完了？"

那个叫卖人把勺子放下锅去说："再来一碗算半碗的钱吧！"

平儿的眼睛溜着爹爹把碗给过去。 他喝豆腐脑做出大大的抽响来。 赵三却不那样，他把眼光放在鸡笼的地方，慢慢吃，慢慢吃终于也吃完了！ 他说："平儿，你吃不下吧？ 倒给我碗点。"

平儿倒给爹爹很少很少。 给过钱，爹爹去看守鸡笼。平儿仍在那里，孩子贪恋着一点点最末的汤水，头仰向天，把碗扣在脸上一般。

菜市上买菜的人经过，若注意一下鸡笼，赵三就说："买吧！ 仅是十个铜板。"

终于三个鸡笼没有人买，两个分给爹爹，留下的一个，在平儿的背上突起着。 经过牛马市，平儿指嚷着："爹爹，咱们的青牛在那儿。"

大鸡笼在背上荡动着，孩子去看青牛。 赵三笑了，向那个卖牛人说："又出卖吗？"

说着这话，赵三无缘的感到酸心。 到家他向王婆说："方才看见那条青牛在市上。"

"人家的了，就别提了。"王婆整天地不耐烦。

卖鸡笼渐渐的赵三会说价了；慢慢地坐在墙根他会招呼了！ 也常常给平儿买一两块红绿的糖球吃。 后来连饭团也不用带。

他弄些铜板每天交给王婆，可是她总不喜欢，就象无意之中把钱放起来。

二里半又给说妥一家，叫平儿去做小伙计。 孩子听了这话，就生气。

"我不去，我不能去，他们好打我呀！"平儿为了卖鸡笼所迷恋。

"我还是跟爹爹进城。"

王婆绝对主张孩子去做小伙计。 她说："你爹爹卖鸡笼，你跟着做什么？"

赵三说："算了吧，不去就不去吧。"

铜板兴奋着赵三，半夜他也是织鸡笼，他向王婆说："你就不好也来学学，一种营生呢！ 还好多织几个。"

但是王婆仍是去睡，就象对于他织鸡笼，怀着不满似的；就象反对他织鸡笼似的。

平儿同情着父亲，他愿意背鸡笼，多背一个，爹爹说："不要背了！ 够了！"

他又背一个，临出门时他又找个小一点的提在手里，爹爹问："你能拿动吗？送回两个去吧，卖不完啊！"

有一次从城里割一斤肉回来，吃了一顿象样的晚餐。

村中妇人羡慕王婆："三哥真能干哩！把一条牛卖掉，不能再种粮食，可是这比种粮食更好，更能得钱。"

经过二里半门前，平儿把罗圈腿也领进城去。平儿向爹爹要了铜板给小朋友买两片油煎馒头。又走到敲铜锣搭着小棚的地方去挤撞，每人花一个铜板看一看"西洋景"①。那是从一个嵌着小玻璃镜，只容一个眼睛的地方看进去，里面有一张放大的画片活动着。打仗着，拿着枪的，很快又换上一张别样的。耍画片的人一面唱，一面讲："这又是一片洋人打仗。你看'老毛子'夺城，那真是哗啦啦！打死的不知多少……"

罗圈腿嚷着看不清，平儿告诉他："你把眼睛闭起一个来！"

可是不久这就完了！从热闹的、孩子热爱着的城里把他们又赶出来。平儿又被装进这睡着一般的乡村。原因，小鸡初生卵的时节已经过去。家家把鸡笼全预备好了。

平儿不愿跟着，赵三自己进城，减价出卖。后来折本卖。最后他也不去了。厨房里鸡笼靠高墙摆起来。这些东西从前会使赵三欢喜，现在会使他生气。

---

① 西洋景，即街头影戏。——作者注

平儿又骑在羊背上去牧羊。 但是赵三是受了挫伤！

六　刑罚的日子

　　房后的草堆上，温暖在那里蒸腾起了。 全个农村跳跃着泛滥的阳光。 小风开始荡漾田禾，夏天又来到人间，叶子上树了！ 假使树会开花，那么花也上树了！

　　房后草堆上，狗在那里生产。 大狗四肢在颤动，全身抖擞着。 经过一个长时间，小狗生出来。

　　暖和的季节，全村忙着生产。 大猪带着成群的小猪喳喳的跑过，也有的母猪肚子那样大，走路时快要接触着地面，它多数的乳房有什么在充实起来。

　　那是黄昏时候，五姑姑的姐姐她不能再延迟，她到婆婆屋中去说："找个老太太来吧！ 觉着不好。"

　　回到房中放下窗帘和幔帐。 她开始不能坐稳，她把席子卷起来，就在草上爬行。 收生婆来时，她乍望见这房中，她就把头扭着。

　　她说："我没见过，象你们这样大户人家，把孩子还要养到草上。'压柴，压柴，不能发财。'"

　　家中的婆婆把席下的柴草又都卷起来，土炕上扬起着灰尘。

　　光着身子的女人，和一条鱼似的，她爬在那里。

　　黄昏以后，屋中起着烛光。 那女人是快生产了，她小声叫号了一阵，收生婆和一个邻居的老太婆架扶着她，让她坐起来，在炕上微微的移动。可是罪恶的孩子，总不能生产，闹着夜半过去，外面鸡叫的时候，女人忽然苦痛得脸色灰白，脸色转黄，全家人不能安定。为她开始预备葬衣，在恐怖的烛光里四下翻寻衣裳，全家为了死的黑影所骚动。

赤身的女人，她一点不能爬动，她不能为生死再挣扎最后的一刻。天渐亮了。恐怖仿佛是僵尸，直伸在家屋。

五姑姑知道姐姐的消息，来了，正在探询："不喝一口水吗？她从什么时候起？"

一个男人撞进来，看形象是一个酒疯子。他的半面脸，红而肿起，走到幔帐的地方，他吼叫："快给我的靴子！"

女人没有应声，他用手撕扯幔帐，动着他厚肿的嘴唇："装死吗？我看看你还装死不装死！"

说着他拿起身边的长烟袋来投向那个死尸。母亲过来把他拖出去。每年是这样，一看见妻子生产他便反对。

日间苦痛减轻了些，使她清明了！她流着大汗坐在幔帐中，忽然那个红脸鬼，又撞进来，什么也不讲，只见他怕人的手中举起大水盆向着帐子抛来。

最后人们拖他出去。

大肚子的女人，仍胀着肚皮，带着满身冷水无言的坐在那里。她几乎一动不敢动，她仿佛是在父权下的孩子一般怕着她的男人。

她又不能再坐住，她受着折磨，产婆给换下她着水的上衣。 门响了她又慌张了，要有神经病似的。 一点声音不许她哼叫，受罪的女人，身边若有洞，她将跳进去！ 身边若有毒药，她将吞下去，她仇视着一切，窗台要被她踢翻。

她愿意把自己的腿弄断，宛如进了蒸笼，全身将被热力所撕碎一般呀！

产婆用手推她的肚子："你再刚强一点，站起来走走，孩子马上就会下来的，到了时候啦！"

走过一个时间，她的腿颤颤得可怜。 患着病的马一般，倒了下来。 产婆有些失神色，她说："媳妇子怕要闹事，再去找一个老太太来吧！"

五姑姑回家去找妈妈。

这边孩子落产了，孩子当时就死去！ 用人拖着产妇站起来，立刻孩子掉炕上，象投一块什么东西在炕上响着。 女人横在血光中，用肉体来浸着血。

窗外，阳光晒满窗子，屋内妇人为了生产疲乏着。

田庄上绿色的世界里，人们洒着汗滴。

四月里，鸟雀们也孵雏了！ 常常看见黄嘴的小雀飞下来，在檐下跳跃着啄食。 小猪的队伍逐渐肥起来，只有女人在乡村夏季更贫瘦，和耕种的马一般。

刑罚，眼看降临到金枝的身上，使她短的身材，配着那样大的肚子，十分不相称。 金枝还不象个妇人，仍和一个小女孩一般，但是肚子膨胀起来了！

快做妈妈了！ 妇人们的刑罚快擒着她。

并且她出嫁还不到四个月，就渐渐会诅咒丈夫，渐渐感到男人是炎凉的人类！ 那正和别的村妇一样。

坐在河边沙滩上，金枝在洗衣服。 红日斜照着河水，对岸林子的倒影，随逐着红波模糊下去！

成业在后边，站在远远的地方："天黑了呀！ 你洗衣裳，懒老婆，白天你做什么来？"

天还不明，金枝就摸索着穿起衣裳。 在厨房，这大肚子的小女人开始弄得厨房蒸着气。 太阳出来，铲地的工人掮着锄头回来。 堂屋挤满着黑黑的人头，吞饭、吞汤的声音，无纪律地在响。

中午又烧饭；晚间烧饭，金枝过于疲乏了！ 腿子痛得折断一般。 天黑下来卧倒休息一刻。 在迷茫中她坐起来，知道成业回来了！ 努力掀起在睡的眼睛，她问："才回来？"

过了几分钟，她没有得到答话。 只见男人解脱衣裳，她知道又要挨骂了！

正相反，没有骂，金枝感到背后温热一些，男人努力低声向她说话："……"

金枝被男人朦胧着了！

立刻，那和灾难一般，跟着快乐而痛苦追来了。 金枝不能烧饭。 村中的产婆来了！ 她在炕角苦痛着脸色，她在那里受着刑罚，王婆来帮助她把孩子生下来。 王婆摇着她多经验的头颅："危险，昨夜你们必定是不安着的。 年轻什么也不晓得，肚子大了，是不许那样的。 容易丧掉性命！"

十几天以后金枝又行动在院中了！ 小金枝在屋中哭唤她。

牛或是马在不知觉中忙着栽培自己的痛苦。 夜间乘凉的时候，可以听见马或是牛棚做出异样的声音来。 牛也许是为了自己的妻子而角斗，从牛棚撞出来了。 木杆被撞掉，狂张着，成业去拾了耙子猛打疯牛，于是又安然被赶回棚里。

在乡村，人和动物一起忙着生，忙着死……

二里半的婆子和李二婶子在地端相遇："啊呀！ 你还能弯下腰去？"

"你怎么样？"

"我可不行了呢！"

"你什么时候的日子？"

"就是这几天。"

外面落着毛毛雨。 忽然二里半的家屋吵叫起来！ 傻婆娘一向生孩子是闹惯了的，她大声哭，她怨恨男人："我说再不要孩子啦！ 没有心肝的，这不都是你吗？ 我算死在你身上！"

惹得老王婆扭着身子闭住嘴笑。 过了一会傻婆娘又滚转着高声嚷叫："肚子疼死了，拿刀快把我肚子给割开吧！"

吵叫声中看得见孩子的圆头顶。

在这时候，五姑姑变青脸色，走进门来，她似乎不会说话，两手不住的扭绞：“没有气了！ 小产了，李二婶子快死了呀！”

王婆就这样丢下麻面婆赶向打鱼村去。 另一个产婆来时，麻面婆的孩子已在土炕上哭着。 产婆洗着刚会哭的小孩。

等王婆回来时，窗外墙根下，不知谁家的猪也正在生小猪。

七 罪恶的五月节

五月节来临，催逼着两件事情发生：王婆服毒，小金枝惨死。

弯月相同弯刀刺上林端。 王婆散开头发，她走向房后柴栏，在那儿她轻开篱门。 柴栏外是墨沉沉的静甜的，微风不敢惊动这黑色的夜画；黄瓜爬上架了！ 玉米响着雄宽的叶子，没有蛙鸣，也少虫声。

王婆披着散发，幽魂一般的，跪在柴草上，手中的杯子放到嘴边。 一切涌上心头，一切诱惑她。 她平身向草堆倒卧过去。 被悲哀汹淘着大哭了。

赵三从睡床上起来，他什么都不清楚，柴栏里，他带点愤怒对待王婆：“为什么？ 在发疯！”

他以为她是闷着刺到柴栏去哭。

赵三撞到草中的杯子了，使他立刻停止一切思维。 他跑到屋中，灯光下，发现黑色浓重的液体在杯底。 他先用手拭一拭，再用舌尖试一试，那是苦味。

"王婆服毒了！"

次晨村中嚷着这样的新闻。 村人凄静的断续的来看她。

赵三不在家，他跑出去，乱坟岗子上，给她寻个位置。

乱坟岗子上活人为死人掘着坑子了，坑子深了些，二里半先跳下去。 下层的湿土，翻到坑子旁边，坑子更深了！大了！ 几个人都跳下去，铲子不住的翻着，坑子埋过人腰。外面的土堆涨过人头。

坟场是死的城郭，没有花香，没有虫鸣；即使有花，即使有虫，那都是唱奏着别离歌，陪伴着说不尽的死者永久的寂寞。

乱坟岗子是地主施舍给贫苦农民们死后的住宅。 但活着的农民，常常被地主们驱逐，使他们提着包袱，提着小孩，从破房子再走进更破的房子去。

有时被逐着在马棚里借宿。 孩子们哭闹着马棚里的妈妈。

赵三进城去，突然的事情打击着他，使他怎样柔弱呵！遇见了打鱼村进城卖菜的车子，那个驱车人麻麻烦烦的讲一些："菜价低了，钱帖毛荒。 粮食也不值钱。"

那个车夫打着鞭子，他又说："只有布匹贵，盐贵。 慢慢一家子连咸盐都吃不起啦！ 地租是增加，还叫老庄户活不活呢？"

赵三跳上车，低了头坐在车尾的辕边。 两条衰乏的腿子，凄凉的挂下，并且摇荡。 车轮在辙道上哐啷的摔响。

城里，大街上拥挤着了！ 菜市过量的纷嚷。 围着肉铺，人们吵架一般。

忙乱的叫卖童，手中花色的葫芦随着空气而跳荡，他们为了"五月节"而癫狂。

赵三他什么也没看见，好象街上的人都没有了！ 好象街是空街。 但是一个小孩跟在后面："过节了，买回家去，给小孩玩吧！"

赵三听不见这话，那个卖葫芦的孩子，好象自己不是孩子，自己是大人了一般，他追逐：

"过节了！ 买回家去给小孩玩吧！"

柳条枝上各色花样的葫芦好象一些被系住的蝴蝶，跟住赵三在后面跑。

一家棺材铺，红色的，白色的，门口摆了多多少少，他停在那里。 孩子也停止追随。

一切预备好！ 棺材停在门前，掘坑的铲子停止翻扬了！

窗子打开，使死者见一见最后的阳光。 王婆跳突着胸口，微微尚有一点呼吸，明亮的光线照拂着她素静的打扮。 已经为她换上一件黑色棉裤和一件浅色短单衫。 除了脸是紫色，临死她没有什么怪异的现象，人们吵嚷说："抬吧！ 抬她吧！"

她微微尚有一点呼吸，嘴里吐出一点点的白沫，这时候她已经被抬起来了。 外面平儿急叫："冯丫头来啦！ 冯丫头！"

母女们相逢太迟了！ 母女们永远永远不会再相逢了！ 那个孩子手中提了小包袱，慢慢慢慢走到妈妈面前。 她细看一看，她的脸孔快要接触到妈妈脸孔的时候，一阵清脆的爆裂的声浪嘶叫开来。 她的小包袱滚滚着落地。

四围的人，眼睛和鼻子感到酸楚和湿浸。 谁能止住被这小女孩唤起的难忍的酸痛而不哭呢？ 不相关联的人混同着女孩哭她的母亲。

其中新死去丈夫的寡妇哭得最厉害，也最哀伤。 她几乎完全哭着自己的丈夫，她完全幻想是坐在她丈夫的坟前。

男人们嚷叫："抬呀！ 该抬了。 收拾妥当再哭！"

那个小女孩感到不是自己家，身边没有一个亲人。 她不哭了。

服毒的母亲眼睛始终是张着，但她不认识女儿，她什么也不认识了！ 停在厨房板块上，口吐白沫，她心坎尚有一点跳动。

赵三坐在炕沿，点上烟袋。 女人们找一条白布给女孩包在头上，平儿把白带束在腰间。

赵三不在屋的时候，女人们便开始问那个女孩："你姓冯的那个爹爹多咱死的？"

"死两年多。"

"你亲爹呢？"

"早回山东了！"

"为什么不带你们回去？"

"他打娘，娘领着哥哥和我到了冯叔叔家。"

女人们探问王婆旧日的生活，她们为王婆感动，那个寡妇又说："你哥怎不来？ 回家去找他来看看娘吧！"

包白头的女孩，把头转向墙壁，小脸孔又爬起眼泪了！她努力咬住嘴唇，小嘴唇偏张开，她又张着嘴哭了！ 接受女人们的温情使她大胆一点，走到娘的近边，紧紧捏住娘的冰寒的手指，又用手给妈妈抹擦唇上的泡沫。 小心孔只为母亲所惊扰，她带来的包袱踏在脚下。 女人们又说："回家去找哥哥来看看你娘吧！"

一听说哥哥，她就要大哭，又勉强止住。 那个寡妇又问："你哥哥不在家吗？"

她终于用白色的包头布拢络住脸孔大哭起来了。 借了哭势，她才敢说到哥哥："哥哥前天死了呀！ 官项捉去枪毙的。"

包头布从头上扯掉。 孤独的孩子癫痫着一般用头摇着母亲的心窝哭："娘呀……娘呀……"

她再什么也不会哭诉，她还小呢！

女人们彼此说："哥哥多咱死的？ 怎么没听……"

赵三的烟袋出现在门口，他听清楚她们议论王婆的儿子。 赵三晓得那小子是个"红胡子"。 怎样死的，王婆服毒不是听说儿子枪毙才自杀吗？ 这只有赵三晓得。 他不愿意叫别人知道，老婆自杀还关联着某个匪案，他觉得当土匪无论如何有些不光明。

摇起他的烟袋来，他僵直的空的声音响起，用烟袋催逼着女孩：“你走好啦！ 她已死啦！ 没有什么看的，你快走回你家去！”

小女孩被爹爹抛弃，哥哥又被枪毙了，带来包袱和妈妈同住，妈妈又死了，妈妈不在，让她和谁生活呢？

她昏迷地忘掉包袱，只顶了一块白布，离开妈妈的门庭。 离开妈妈的门庭，那有点象丢开她的心让她远走一般。

赵三因为他年老，他心中裁判着年轻人：“私奸妇人，有钱可以，无钱怎么也去奸？ 没见过。 到过节，那个淫妇无法过节，使他去抢，年轻人就这样丧掉性命。”

当他看到也要丧掉性命的自己的老婆的时候，他非常仇恨那个枪毙的小子。 当他想起去年冬天，王婆借来老洋炮的那回事，他又佩服人了：“久当胡子哩！ 不受欺侮哩！”

妇人们燃柴，锅渐渐冒气。 赵三捻着烟袋来回踱走。过一会他看看王婆仍少少有一点气息，气息仍不断绝。 他好象为了她的死等待得不耐烦似的，他困倦了，依着墙瞌睡。

长时间死的恐怖，人们不感到恐怖！ 人们集聚着吃饭，喝酒，这时候王婆在地下做出声音，看起来，她紫色的脸变成淡紫。 人们放下杯子，说她又要活了吧？

不是那样，忽然从她的嘴角流出一些黑血，并且她的嘴唇有点象是起动，终于她大吼两声，人们瞪住眼睛说她就要断气了吧！

　　许多条视线围着她的时候，她活动着想要起来了！ 人们惊慌了！ 女人跑在窗外去了！ 男人跑去拿挑水的扁担。 说她是死尸还魂。

　　喝过酒的赵三勇猛着："若让她起来，她会抱住小孩死去，或是抱住树，就是大人她也有力量抱住。"

　　赵三用他的大红手贪婪着把扁担压过去。 扎实的刀一般的切在王婆的腰间。 她的肚子和胸膛突然增胀，象是鱼泡似的。 她立刻眼睛圆起来，象发着电光。 她的黑嘴角也动了起来，好象说话，可是没有说话，血从口腔直喷，射了赵三的满单衫。 赵三命令那个人："快轻一点压吧！ 弄得满身是血。"

　　王婆就算连一点气息也没有了！ 她被装进等在门口的棺材里。

　　后村的庙前，两个村中无家可归的老头，一个打着红灯笼，一个手提水壶，领着平儿去报庙。 绕庙走了三周，他们顺着毛毛的行人小道回来，老人念一套成谱调的话，红灯笼伴了孩子头上的白布，他们回家去。 平儿一点也不哭，他只记住那年妈妈死的时候不也是这样报庙吗？

　　王婆的女儿却没能同来。

　　王婆的死信传遍全村，女人们坐在棺材边大大的哭起！ 扭着鼻涕，号啕着：哭孩子的，哭丈夫的，哭自己命苦的，总之，无管有什么冤屈都到这里来送了！ 村中一有年岁大的人死，她们，女人之群们，就这样做。

将送棺材上坟场！ 要钉棺材盖了！

王婆终于没有死，她感到寒凉，感到口渴，她轻轻说："我要喝水！"

但她不知道，她是睡在什么地方。

五月节了，家家门上挂起葫芦。 二里半那个傻婆子屋里有孩子哭着，她却蹲在门口拿刷马的铁耙子给羊刷毛。

二里半跛着脚。 过节，带给他的感觉非常愉快。 他在白菜地看见白菜被虫子吃倒几棵。 若在平日他会用短句咒骂虫子，或是生气把白菜用脚踢着。

但是现在过节了，他一切愉快着，他觉得自己是应该愉快。 走在地边他看一看柿子还没有红，他想摘几个柿子给孩子吃吧！ 过节了！

全村表示着过节，菜田和麦地，无管什么地方都是静静的甜美的。 虫子们也仿佛比平日会唱了些。

过节渲染着整个二里半的灵魂。 他经过家门没有进去，把柿子扔给孩子又走了！ 他要趁着这样愉快的日子会一会朋友。 左近邻居的门上都挂了纸葫芦，他经过王婆家，那个门上摆荡着的是绿色的葫芦。 再走，就是金枝家。

金枝家，门外没有葫芦，门里没有人了！ 二里半张望好久：孩子的尿布在锅灶旁被风吹着，飘飘的在浮游。

小金枝来到人间才够一月，就被爹爹摔死了！ 婴儿为什么来到这样的人间？ 使她带了怨恨回去！ 仅仅是这样短促呀！ 仅仅是几十天的小生命！

小小的孩子睡在许多死人中，她不觉得害怕吗？ 妈妈走远了！ 妈妈啜泣听不见了！

天黑了！ 月亮也不来为孩子做伴。

五月节的前些日子，成业总是进城跑来跑去，回家来和妻子吵打。 他说："米价落了！ 三月里买的米现在卖出去折本一小半。 卖了还债也不足，不卖又怎么能过节？"

并且他渐渐不爱小金枝，当孩子夜里把他吵醒的时候，他说："拼命吧！ 闹死吧！"

过节的前一天，他家什么也没预备，连一斤面粉也没买。 烧饭的时候豆油罐子什么也倒流不出。

成业带着怒气回家，看一看还没有烧菜。 他厉声嚷叫："啊！ 象我……该饿死啦，连饭也没得吃……我进城……我进城。"

孩子在金枝怀中吃奶。 他又说："我还有好的日子吗？你们累得我，使我做强盗都没有机会。"

金枝垂了头把饭摆好，孩子在旁边哭。

成业看着桌上的咸菜和粥饭，他想了一刻又不住地说起："哭吧！ 败家鬼，我卖掉你去还债。"

孩子仍哭着，妈妈在厨房里，不知是扫地，还是收拾柴堆。 爹爹发火了："把你们都一块卖掉，要你们这些吵家鬼有什么用……"

厨房里的妈妈和火柴一般被燃着："你象个什么？ 回来

吵打，我不是你的冤家，你会卖掉，看你卖吧！"

爹爹飞着饭碗，妈妈暴跳起来。

"我卖？ 我摔死她吧！ ……我卖什么！"

就这样小生命被截止了！

王婆听说金枝的孩子死了，她要来看看，可是她只扶了杖子立起又倒卧下来。 她的腿骨被毒质所侵还不能行走。

年轻的妈妈过了三天她到乱坟岗子去看孩子。 但那能看到什么呢？ 被狗扯得什么也没有。

成业他看到一堆草染了血，他幻想是捆小金枝的草吧！他俩背向着流过眼泪。

乱坟岗子不知洒干多少悲惨的眼泪？ 永年悲惨的地带，连个乌鸦也不落下。

成业又看见一个坟窟，头骨在那里重见天日。

走出坟场，一些棺材、坟堆，死寂死寂的印象催迫着他们加快着步子。

八　蚊虫繁忙着

她的女儿来了！ 王婆的女儿来了！

王婆能够拿着鱼竿坐在河沿钓鱼了！ 她脸上的纹褶没有什么增多或减少。 这证明她依然没有什么变动，她还必须活下去。

晚间河边蛙声震耳。 蚊子从河边的草丛出发，嗡声喧闹的阵伍，迷漫着每个家庭。 日间太阳也炎热起来！ 太阳烧上人们的皮肤，夏天，田庄上人们怨恨太阳和怨恨一个恶毒的暴力者一般。 全个田间，一个大火球在那里滚转。

但是王婆永久欢迎夏天。 因为夏天有肥绿的叶子，肥的园林，更有夏夜会唤起王婆诗意的心田，她该开始向着夏夜述说故事。 今夏她什么也不说了！

她偎在窗下和睡了似的，对向幽邃的天空。

蛙鸣震碎人人的寂寞；蚊虫骚扰着不能停息。

这相同平常的六月，这又是去年割麦的时节。 王婆家今年没种麦田。 她更忧伤而悄默了！ 当举着钓竿经过作浪的麦田时，她把竿头的绳线缭绕起来，她仰了头，望着高空，就这样睬也不睬地经过麦田。

王婆的性情更恶劣了！ 她又酗酒起来。 她每天钓鱼。全家人的衣服她不补洗，她只每夜烧鱼，吃酒，吃得醉疯疯地，满院、满屋地旋走；她渐渐要到树林里去旋走。

有时在酒杯中她想起从前的丈夫；她痛心看见来在身边孤独的女儿，总之在喝酒以后她更爱烦想。

现在她近于可笑，和石块一般沉在院心，夜里她习惯于院中睡觉。

在院中睡觉被蚊虫迷绕着，正象蚂蚁群拖着已腐的苍蝇。 她是再也没有心情了吧！ 再也没有心情生活！

王婆被蚊虫所食，满脸起着云片，皮肤肿起来。

王婆在酒杯中也回想着女儿初来的那天，女儿横在王婆怀中："妈呀！ 我想你是死了！ 你的嘴吐着白沫，你的手指都凉了呀！ ……哥哥死了，妈妈也死了，让我到哪里去讨饭吃呀！ ……他们把我赶出时，带来的包袱都忘下啦，我哭……哭昏啦……妈妈，他们坏心肠，他们不叫我多看你一刻……"

后来孩子从妈妈怀中站起来时，她说出更有意义的话："我恨死他们了！ 若是哥哥活着，我一定告诉哥哥把他们打死。"

最后那个女孩，拭干眼泪说："我必定要象哥哥，……"说完她咬一下嘴唇。

王婆思想着女孩怎么会这样烈性呢？ 或者是个中用的孩子？

王婆忽然停止酗酒，她每夜，开始在林中教训女儿，在静的林里，她严峻的说："要报仇。 要为哥哥报仇，谁杀死你的哥哥？"

女孩子想："官项杀死哥哥的。"她又听妈妈说："谁杀死哥哥，你要杀死谁，……"

女孩想过十几天以后，她向妈妈踟蹰着："是谁杀死哥哥？ 妈妈明天领我去进城，找到那个仇人，等后来什么时候遇见他我好杀死他。"

孩子说了孩子话，使妈妈笑了！ 使妈妈心痛。

王婆同赵三吵架的那天晚上，南河的河水涨出了河床。南河沿嚷着："涨大水啦！ 涨大水啦！"

　　人们来往在河边，赵三在家里也嚷着："你快叫她走，她不是我家的孩子，你的崽子我不招留。 快——"

　　第二天家家的麦子送上麦场。 第一场割麦，人们要吃一顿酒来庆祝。 赵三第一年不种麦，他家是静悄悄的。 有人来请他，他坐到别人欢说着的酒桌前，看见别人欢说，看见别人收麦，他红色的大手在人前窘迫着！ 不住地胡乱地扭搅，可是没有人注意他，种麦人和种麦人彼此谈说。

　　河水落了，却带来众多的蚊虫。 夜里蛤蟆的叫声，好象被蚊子的嗡嗡声压住似的。 日间蚊群也是忙着飞。 只有赵三非常哑默。

九　传染病

　　乱坟岗子，死尸狼藉在那里。 无人掩埋，野狗活跃在尸群里。

　　太阳血一般昏红；从朝至暮蚊虫混同着蒙雾充塞天空。高粱、玉米和一切菜类被人丢弃在田圃，每个家庭是病的家庭，是将要绝灭的家庭。

　　全村静悄了。 植物也没有风摇动它们。 一切沉浸在雾中。

　　赵三坐在南地端出卖五把新镰刀。 那是组织"镰刀会"时剩下的。 他正看着那伤心的遗留物，村中的老太太来问他："我说……天象，这是什么天象？ 要天崩地陷了。 老天爷叫人全死吗？ 嗳……"

老太婆离去赵三，曲背立即消失在雾中，她的语声也象隔远了似的："天要灭人呀！ ……老天早该灭人啦！ 人世尽是强盗、打仗、杀害，这是人自己招的罪……"

渐渐远了！ 远处听见一个驴子在号叫，驴子号叫在山坡吗？ 驴子号叫在河沟吗？

什么也看不见，只能听闻：那是，二里半的女人作嘎的不愉悦的声音来近赵三。 赵三为着镰刀所烦恼，他坐在雾中，他用烦恼的心思在妒恨镰刀，他想："青牛是卖掉了！ 麦田没能种起来。"

那个婆子向他说话，但他没有注意到。 那个婆子被脚下的土块跌倒，她起来时慌张着，在雾层中看不清她怎样张皇。 她的音波织起了网状的波纹，和老大的蚊音一般："三哥，还坐在这里？ 家怕是有'鬼子'来了，就连小孩子，'鬼子'也要给打针，你看我把孩子抱出来，就是孩子病死也甘心，打针可不甘心。"

麻面婆离开赵三去了！ 抱着她未死的、连哭也不会哭的孩子沉没在雾中。

太阳变成暗红的放大而无光的圆轮，当在人头。 昏茫的村庄埋着天然灾难的种子，渐渐种子在滋生。

传染病和放大的太阳一般勃发起来，茂盛起来！

赵三踏着死蛤蟆走路；人们抬着棺材在他身边暂时现露而滑过去！ 一个歪斜面孔的小脚女人跟在后面，她小小的声音哭着。

又听到驴子叫，不一会驴子闪过去，背上驼着一个重病的老人。

西洋人，人们叫他"洋鬼子"，身穿白外套，第二天雾退时，白衣女人来到赵三的窗外，她嘴上挂着白囊，说起难懂的中国话："你的，病人的有？ 我的治病好，来。 快快的。"

那个老的胖一些的，动一动胡子，眼睛胖得和猪眼一般，把头探着窗子望。

赵三着慌说没有病人，可是终于给平儿打针了！

"老鬼子"向那个"小鬼子"说话，嘴上的白囊一动一动的。 管子、药瓶和亮刀从提包倾出，赵三去井边提一壶冷水。 那个"鬼子"开始擦他通孔的玻璃管。

平儿被停在窗前的一块板上，用白布给他蒙住眼睛。 隔院的人们都来看着，因为要晓得"鬼子"怎样治病，"鬼子"治病究竟怎样可怕。

玻璃管从肚脐下一寸的地方插下，五寸长的玻璃管只有半段在肚皮外闪光。 于是人们捉紧孩子，使他仰卧不得摇动。"鬼子"开始一个人提起冷水壶，另一个对准那个长长的橡皮管顶端的漏水器。 看起来"鬼子"象修理一架机器。四面围观的人好象有叹气的，好象大家一起在缩肩膀。 孩子只是做出"呀！ 呀"的短叫，很快一壶水灌完了！ 最后在滚胀的肚子上擦了一点黄色药水，用小剪子剪一块白棉贴住破口。 就这样白衣"鬼子"提了提包轻便的走了！ 又到别人家去。

又是一天晴朗的日子，传染病患到绝顶的时候！ 女人们抱着半死的小孩子，女人们始终惧怕打针，惧怕白衣的"鬼子"用水壶向小孩肚里灌水。 她们不忍看那肿胀起来奇怪的肚子。

恶劣的传闻布遍着："李家的全家死了！""城里派人来验查，有病象的都用车子拉进城去，老太婆也拉，孩子也拉，拉去打药针。"

人死了听不见哭声，静悄地抬着草捆或是棺材向着乱坟岗子走去，接接连连的，不断……

过午，二里半的婆子把小孩送到乱坟岗子去！ 她看到别的几个小孩有的头发蒙住白脸，有的被野狗拖断了四肢，也有几个好好的睡在那里。

野狗在远的地方安然的嚼着碎骨发响。 狗感到满足，狗不再为着追求食物而疯狂，也不再猎取活人。

平儿整夜呕着黄色的水、绿色的水，白眼珠满织着红色的丝纹。

赵三喃喃着走出家门，虽然全村的人死了不少，虽然庄稼在那里衰败，镰刀他却总想出卖，镰刀放在家里永久刺着他的心。

一〇　十年

十年前村中的山、山下的小河，而今依旧似十年前，河水静静的在流，山坡随着季节而更换衣裳；大片的村庄生死轮回着和十年前一样。

屋顶的麻雀仍是那样繁多。太阳也照样暖和。山下有牧童在唱童谣，那是十年前的旧调：

> 秋夜长，秋风凉，
> 谁家的孩儿没有娘，
> 谁家的孩儿没有娘……
> 月亮满西窗。

什么都和十年前一样，王婆也似没有改变，只是平儿长大了！平儿和罗圈腿都是大人了！

王婆被凉风飞着头发，在篱墙外远听从山坡传来的童谣。

一一　年盘转动了

雪天里，村人们永没见过的旗子飘扬起，升上天空！

全村寂静下去，只有日本旗子在山岗临时军营门前，振荡的响着。

村人们在想：这是什么年月？ 中华国改了国号吗？

一二　黑色的舌头

宣传"王道"的旗子来了！ 带着尘烟和骚闹来的。

宽宏的夹树道；汽车闹嚣着了！

田间无际限的浅苗湛着青色。 但这不再是静穆的村庄，人们已经失去了心的平衡。 草地上汽车突起着飞尘跑过，一些红色绿色的纸片播着种子一般落下来。 小茅房屋顶有花色的纸片在起落。 附近大道旁的枝头挂住纸片，在飞舞嘶鸣。从城里出发的汽车又追踪着驰来。 车上站着威风飘扬的日本人、高丽人，也站着扬威的中国人。 车轮突飞的时候，车上每人手中的旗子摆摆有声，车上的人好象生了翅膀齐飞过去。 那一些举着日本旗作出媚笑模样的人，消失在道口。

那一些"王道"的书篇飞到山腰去，河边去……

王婆立在门前，二里半的山羊垂下它的胡子。 老羊轻轻走过正在繁茂的树下。 山羊不再寻什么食物，它困倦了！它过于老，全身变成土一般的毛色。

它的眼睛模糊好象垂泪似的。 山羊完全幽默和可怜起来；拂摆着长胡子走向洼地。

对着前面的洼地，对着山羊，王婆追踪过去痛苦的日子。 她想把那些日子捉回，因为今日的日子还不如昨日。

洼地没人种，上岗那些往日的麦田荒乱在那里。 她在伤心的追想。

日本飞机拖起狂大的嗡鸣飞过，接着大空翻飞着纸片。 一张纸片落在王婆头顶的树枝，她取下看了看丢在脚下。 飞机又过去时留下更多的纸片。 她不再理睬一下那些纸片，丢在脚下来复的乱踏。

过了一会，金枝的母亲经过王婆，她手中捉住两只公鸡，她向王婆说："日子算是没法过了！ 可怎么过？ 就剩两只鸡，还得快快去卖掉！"

王婆问她："你进城去卖吗？"

"不进城谁家肯买？ 全村也没有几只鸡了！"

她向王婆耳语了一阵："日本子恶得很！ 村子里的姑娘都跑空了！ 年轻的媳妇也是一样。 我听说王家屯一个十三岁的小丫头叫日本子弄去了！ 半夜三更弄走的。"

"歇一歇腿再走吧！"王婆说。

她俩坐在树下。 大地上的虫子并不鸣叫，只是她俩惨淡而忧伤地谈着。

公鸡在手下不时振动着膀子。 太阳有点正中了！ 树影做成圆形。

村中添设出异样的风光，日本旗子、日本兵。 人们开始讲究这一些："王道"啦！"日满亲善"啦！ 快有"真龙天子"啦！

在"王道"之下，村中的废田多起来，人们在广场上忧郁着徘徊。

那老婆说到最后："我这些年来，都是养鸡，如今连个鸡毛也不能留，连个'啼明'的公鸡也不让留下。 这是什么年头？ ……"

她振动一下袖子，有点癫狂似的，她立起来，踏过前面一块不耕的废田，废田患着病似的，短草在那婆婆的脚下不愉快地没有弹力地被踏过。

走得很远，仍可辨出两只公鸡是用那个挂下的手提着，另外一只手在面部不住地抹擦。

王婆睡下的时候，她听见远处好象有女人尖叫。 打开窗子听一听……

再听一会警笛器叫起来，枪鸣起来，远处的人家闯入什么魔鬼了吗？

"你家有人没有？"

当夜日本兵、中国警察搜遍全村。 这是搜到王婆家。她回答："有什么人？ 没有。"

他们掩住鼻子在屋中转了一个弯出去了。 手电灯发青的光线乱闪着，临走出门栏，一个日本兵在铜帽子下面说中国话："也带走她。"

王婆完全听见他说的是什么。

"怎么也带女人吗？"她想，"女人也要捉去枪毙吗？"

"谁稀罕她，一个老婆子！"那个中国警察说。

中国人都笑了！ 日本人也瞎笑。 可是他们不晓得这话是什么意思，别人笑，他们也笑。

真的，不知他们牵了谁家的女人，曲背和猪一般被他们牵走。在稀薄乱动的手电灯绿色的光线里面，分辨不出这女人是谁。

还没走出栏门，他们就调笑那个女人。并且王婆看见那个日本"铜帽子"的手在女人的屁股上急忙的抓了一下。

一三　你要死灭吗

王婆以为又是假装搜查到村中捉女人，于是她不想到什么恶劣的事情上去，安然的睡了！赵三那老头子也非常老了！他回来没有惊动谁也睡了！

过了夜，日本宪兵在门外轻轻敲门，走进来的，看样象个中国人，他的长靴染了湿淋的露水，从口袋取出手巾，摆出泰然的样子坐在炕沿慢慢擦他的靴子，访问就在这时开始："你家昨夜没有人来过？不要紧，你要说实话。"

赵三刚起来，意识有点不清，不晓得这是什么事情要发生。于是那个宪兵把手中的帽子用力抖了一下，不是柔和而不在意的态度了："混蛋！你怎么不知道？等带去你就知道了！"

说了这样话并没带他去。王婆一面在扣衣钮一面抢说："问的是什么人？昨夜来过几个'老总'，搜查没有什么就走了！"

那个军官样的把态度完全是对着王婆，用一种亲昵的声音问："老太太请告诉吧！有赏哩！"

王婆的样子仍是没有改变。那人又说："我们是捉胡子，有胡子，乡民也是同样受害，你没见着昨天汽车来到村子宣传'王道'吗？'王道'叫人诚实。老太太说了吧！有赏呢！"

王婆面对着窗子照上来的红日影，她说："我不知道这回事。"

那个军官又想大叫，可是停住了，他的嘴唇困难地又动几下："'满洲国'要把害民的胡子扫清，知道胡子不去报告，查出来枪毙！"这时那个长靴人用斜眼神侮辱赵三一下。接着他再不说什么，等待答复，终于他什么也没得到答复。

还不到中午；乱坟岗子多了三个死尸，其中一个是女尸。

人们都知道那个女尸，就是在北村一个寡妇家搜出的那个"女学生"。

赵三听得别人说"女学生"是什么"党"。但是他不晓得什么"党"做什么解释。当夜在喝酒以后把这一切密事告诉了王婆，他也不知道那"女学生"倒有什么密事，到底为什么才死。他只感到不许传说的事情神秘，他也必定要说。

王婆她十分不愿意听，因为这件事情发生，她担心她的女儿，她怕是女儿的命运和那个"女学生"一般样。

赵三的胡子白了！ 也更稀疏。 喝过酒，脸更是发红，他任意把自己摊散在炕角。

平儿担了大捆的绿草回来，晒干可以成柴，在院心他把绿草铺平。 进屋他不立刻吃饭，透汗的短衫脱在身边，他好象愤怒似的，用力来拍响他多肉的肩头，嘴里长长的吐着呼吸。 过了长时间爹爹说："你们年轻人应该有些胆量。 这不是叫人死吗？ 亡国了！ 麦地不能种了，鸡犬也要死净。"

老头子说话象吵架一般。 王婆给平儿缝汗衫上的大口，她感动了，想到亡国，把汗衫缝错了！ 她把两个袖口完全缝住。

赵三和一个老牛般样，年轻时的气力全部消灭，只回想"镰刀会"，又告诉平儿："那时候你还小着哩！ 我和李青山他们弄了个'镰刀会'。 勇得很！ 可是我受了打击，那一次使我碰壁了，你娘去借支洋炮来，谁知还没用洋炮，就是一条棍子出了人命，从那时起就倒霉了！ 一年不如一年活到如今。"

"狗，到底不是狼，你爹从出事以后，对'镰刀会'就没趣了！ 青牛就是那年卖的。"

她这样抢白着，使赵三感到羞耻和愤恨。 同时自己为什么当时就那样卑小？ 心脏发燃了一刻，他说着使自己满意的话："这下子东家也不东家了！ 有日本子，东家也不好干什么！"

他为着轻松充血的身子，他向树林那面去散步，那儿有树林。 林梢在青色的天边画出美调的和舒卷着的云一样的弧线。 青的天幕在前面直垂下来，曲卷的树梢花边一般地嵌上天幕。 田间往日的蝶儿在飞，一切野花还不曾开。

小草房一座一座的摊落着，有的留下残墙在晒阳光，有的也许是被炸弹带走了屋盖。 房身整整齐齐地摆在那里。

赵三扩大开胸膛，他呼吸田间透明的空气。 他不愿意走了，停脚在一片荒芜的、过去的麦地旁。 就这样不多一时，他又感到烦恼，因为他想起往日自己的麦田而今丧尽在炮火下，在日本兵的足下必定不能够再长起来，他带着麦田的忧伤又走过一片瓜田，瓜田也不见了种瓜的人，瓜田尽被一些蒿草充塞。 去年看守瓜地的小房，依然存在；赵三倒在小房下的短草梢头。 他欲睡了！ 朦朦中看见一些高丽人从大树林穿过。 视线从地平面直发过去，那一些高丽人仿佛是走在天边。

假如没有乱插在地面的家屋，那么赵三觉得自己是躺在天边了！

阳光迷住他的眼睛，使他不能再远看了！ 听得见村狗在远方无聊地吠叫。

如此荒凉的旷野，野狗也不到这里巡行。 独有酒烧胸膛的赵三到这里巡行，但是他无有目的，任意足尖踏到什么地点，走过无数秃田，他觉得过于可惜，点一点头，摆一摆手，不住地叹着气走回家去。

村中的寡妇们多起来，前面是三个寡妇，其中的一个尚拉着她的孩子走。

红脸的老赵三走近家门又转弯了！ 他是那样信步而无主的走！ 忧伤在前面招示他，忽然间一个大凹洞，踏下脚去。他未曾注意这个，好象他一心要完成长途似的，继续前进。那里更有炸弹的洞穴，但不能阻碍他的去路，因为喝酒，壮年的血气鼓动他。

在一间破房子里，一只母猫正在哺乳一群小猫。 他不愿意看这些，他更走，没有一个熟人与他遇见。 直到天西烧红着云彩，他滴血的心，垂泪的眼睛竟来到死去的年轻时伙伴们的坟上，不带酒祭奠他们，只是无话坐在朋友们之前。

亡国后的老赵三，蓦然念起那些死去的英勇的伙伴！ 留下活着的老的，只有悲愤而不能走险了，老赵三不能走险了！

那是个繁星的夜，李青山发着疯了！ 他的哑喉咙，使他讲话带着神秘而紧张的声色。 这是第一次他们大型的集会。在赵三家里，他们象在举行什么盛大的典礼，庄严与静肃。人们感到缺乏空气一般，人们连鼻子也没有一个作响。 屋子不燃灯，人们的眼睛和夜里的猫眼一般，闪闪有磷光而发绿。

王婆的尖脚，不住地踏在窗外，她安静的手下提了一只破洋灯罩，她时时准备着把玻璃灯罩摔碎。 她是个守夜的老鼠，时时防备猫来。 她到篱笆外绕走一趟，站在篱笆外听一听他们的谈论高低，有没有危险性。 手中的灯罩她时刻不能忘记。

屋中李青山固执而且浊重的声音继续下去："在这半月里，我才真知道人民革命军真是不行，要干人民革命军那就必得倒霉，他们尽是些'洋学生'，上马还得用人抬上去。他们嘴里就会狂喊'退却'。 二十八日那夜外面下小雨，我们十个同志正吃饭，饭碗被炸碎了哩！ 派两个出去寻炸弹的来路。 大家来想一想，两个'洋学生'跑出去，唉！ 丧气，被敌人追着连帽子都跑丢了，'洋学生'们常常给敌人打死。 ……"

罗圈腿插嘴了："革命军还不如红胡子有用？"

月光照进窗来太暗了！ 当时没有人能发见罗圈腿发问时是个什么奇怪的神情。

李青山又在开始："革命军纪律可真厉害，你们懂吗？什么叫纪律？ 那就是规矩。 规矩太紧，我们也受不了。 比方吧：屯子里年轻轻的姑娘眼望着不准去……哈哈！ 我吃了一回苦，同志打了我十下枪柄哩！"

他说到这里，自己停下笑起来，但是没敢大声。 他继续下去。

二里半对于这些事情始终是缺乏兴致，他在一边瞌睡，老赵三用他的烟袋锅撞一下在睡的缺乏政治思想的二里半，并且赵三大不满意起来："听着呀！ 听着，这是什么年头还睡觉？"

王婆的尖脚乱踏着地面作响一阵，人们听一听，没听到灯罩的响声，知道日本兵没有来，同时人们感到严重的气氛。李青山的计划庄重着发表。

李青山是个农人，他尚分不清该怎样把事弄起来，只说着："屯子里的小伙子招集起来，起来救国吧！革命军那一群'学生'是不行。只有红胡子才有胆量。"

老赵三他的烟袋没有燃着，丢在炕上，急快地拍一下手，他说："对！招集小伙子们，起名也叫革命军。"

其实赵三完全不能明白，因为他还不曾听说什么叫做革命军，他无由得到安慰，他的大手掌快乐地不停地撩着胡子。对于赵三，这完全和十年前组织"镰刀会"同样兴致，也是暗室，也是静悄悄地讲话。

老赵三快乐得终夜不能睡觉，大手掌翻了个终夜。

同时，站在二里半的墙外可以数清他鼾声的拍子。

乡间，日本人的毒手努力毒化农民，就说要恢复"大清国"，要做"忠臣""孝子""节妇"；可是另一方面，正相反的势力也增长着。

天一黑下来就有人越墙藏在王婆家中，那个黑胡子的人每夜来，成为王婆的熟人。在王婆家吃夜饭，那人向她说："你的女儿能干得很，背着步枪爬山爬得快呢！可是……已经……"

平儿蹲在炕下，他吸爹爹的烟袋。轻微的一点妒忌横过心面。

他有意弄响烟袋在门扇上，他走出去了。 外面是阴沉全黑的夜，他在黑色中消灭了自己。 等他忧悒着转回来时，王婆已是在垂泪的境况。

那夜老赵三回来得很晚，那是因为他逢人便讲亡国，救国，义勇军，革命军……这一些出奇的字眼，所以弄得回来这样晚。 快鸡叫的时候了！ 赵三的家没有鸡，全村听不见往日的鸡鸣。 只有褪色的月光在窗上，三星不见了，知道天快明了。

他把儿子从梦中唤醒，他告诉他得意的宣传工作：东村那个寡妇怎样把孩子送回娘家预备去投义勇军；小伙子们怎样准备集合。 老头子好象已在衙门里做了官员一样，摇摇摆摆着他讲话时的姿势，摇摇摆摆着他自己的心情，他整个的灵魂在阔步！

稍微沉静一刻，他问平儿："那个人来了没有？ 那个黑胡子的人？"

平儿仍回到睡中，爹爹正鼓动着生力，他却睡了！ 爹爹的话在他耳边，象蚊虫嗡叫一般的无意义。 赵三立刻动怒起来，他觉得他光荣的事业，不能有人承受下去，感到养了这样的儿子没用，他失望。

王婆一点声息也不作出，象是在睡般地。

明朝，黑胡子的人，忽然走来，王婆又问他："那孩子死的时候，你到底是亲眼看见她没有？"

"老太太你怎么还不明白？ 不是老早就对你讲么？ 死了

就死了吧！ 革命就不怕死，那是露脸的死啊……比当日本狗的奴隶活着强得多哪！"

王婆常常听他们这一类人说"死"说"活"……她也想死是应该，于是安静下去，用她昨夜为着泪水所浸蚀的眼睛观察那熟人急转的面孔。 终于她接受了！ 那人从囊中取出来的所有小本子，和象黑点一般的小字充满在上面的零散的纸张，她全接受了！ 另外还有发亮的小枪一支也递给王婆。那个人急忙着要走，这时王婆又不自禁地问："她也是枪打死的吗？"

那人开门急走出去了！ 因为急走，那人没有注意到王婆。

王婆往日里，她不知恐怖，常常把那一些别人带来的小本子放在厨房里。

有时她竟任意丢在席子下面。 今天她却减少了胆量，她想那些东西若被搜查着，日本兵的刺刀会刺通了自己。 她好象觉着自己的遭遇要和女儿一样似的，尤其是手掌里的小枪。 她被恫吓着慢慢颤栗起来。 女儿也一定被同样的枪杀死。 她终止了想，她知道当前的事情开始紧急。

赵三仓皇着脸回来，王婆没有理他走向后面柴堆那儿。柴草不似每年，那是烧空了！ 在一片平地上稀疏的生着马蛇菜。 她开始掘地洞；听村狗狂咬，她有些心慌意乱，把镰刀头插进土去无力拔出。 她好象要倒落一般：全身受着什么压迫要把肉体解散了一般。 过了一刻难忍昏迷的时间，她跑去呼唤她的老同伴。 可是当走到房门又急转回来，她想起别人的训告：——重要的事情谁也不能告诉，两口子也不能告诉。

那个黑胡子的人，向她说过的话也使她回想了一遍：——你不要叫赵三知道，那老头子说不定和小孩子似的。

等她埋好之后，日本兵继续来过十几个。 多半只戴了铜帽，连长靴都没穿就来了！ 人们知道他们又是在弄女人。

王婆什么观察力也失去了！ 不自觉地退缩在赵三的背后。 就连那永久带着笑脸，常来王婆家搜查的日本官长，她也不认识了。 临走时那人向王婆说"再见"，她直直迟疑着而不回答一声。

"拔"——"拔"，就是出发的意思，老婆们给男人在搜集衣裳或是鞋袜。

李青山派人到每家去寻个公鸡，没得寻到，有人提议把二里半的老山羊杀了吧！ 山羊正走在李青山门前，或者是歇凉，或者是它走不动了！ 它的一只独角塞进篱墙的缝际，小伙子们去抬它，但是无法把独角弄出。

二里半从门口经过，山羊就跟在后面回家去了！ 二里半说："你们要杀就杀吧！ 早晚还不是给日本子留着吗！"

李二婶子在一边说："日本子可不要它，老得不成样。"

二里半说："日本子不要它，老也老死了！"

萧红与萧军

萧红与端木蕻良在西安

萧红(左二)与许广平(左一)、萧军
(右一)、周海婴在鲁迅先生墓

人们宣誓的日子到了！ 没有寻到公鸡，决定拿老山羊来代替。 小伙子们把山羊抬着，在杆上四脚倒挂下去，山羊不住哀叫。 二里半可笑的悲哀的形色跟着山羊走来。 他的跛脚仿佛是一步一步把地面踏陷。 波浪状的行走，愈走愈快！他的老婆疯狂地想把他拖回去，然而不能做到，二里半惶惶地走了一路。 山羊被抬过一个山腰的小曲道。 山羊被升上院心铺好红布的方桌。

东村的寡妇也来了！ 她在桌前跪下祷告了一阵，又到桌前点着两支红蜡烛，蜡烛一点着，二里半知道快要杀羊了。

院心除了老赵三，那尽是一些年轻的小伙子在走，转。他们袒露胸臂，强壮而且凶横。

赵三总是向那个东村的寡妇说，他一看见她便宣传她。他一遇见事情，就不象往日那样贪婪吸他的烟袋。 说话表示出庄严，连胡子也不动荡一下："救国的日子就要来到。 有血气的人不肯当亡国奴，甘愿做日本刺刀下的屈死鬼。"

赵三只知道自己是中国人。 无论别人对他讲解了多少遍，他总不能明白他在中国人中是站在怎样的阶级。 虽然这样，老赵三也是非常进步，他可以代表整个的村人在进步着，那就是他从前不晓得什么叫国家，从前也许忘掉了自己是那国的国民！

他不开言了，静站在院心，等待宏壮悲愤的典礼来临。

来到三十多人，带来重压的大会，可真地触到赵三了！使他的胡子也感到非常重要而不可挫碰一下。

四月里晴朗的天空从山脊流照下来，房周围的大树群在正午垂曲的立在太阳下。畅明的天光与人们共同宣誓。

寡妇们和亡家的独身汉在李青山喊过口号之后，完全用膝头曲倒在天光之下。羊的脊背流过天光，桌前的大红蜡烛在壮默的人头前面燃烧。李青山的大个子直立在桌前："弟兄们！今天是什么日子！知道吗？今天……我们去敢死……决定了……就是把我们的脑袋挂满了整个村子所有的树梢也情愿，是不是啊？……是不是？……弟兄们？……"

回声先从寡妇们传出："是呀！千刀万剐也愿意！"

哭声刺心一般痛，哭声方锥一般落进每个人的胸膛。一阵强烈的悲酸掠过低垂的人头，苍苍然蓝天欲坠了！

老赵三立到桌子前面，他不发声，先流泪："国……国亡了！我……我也……老了！你们还年轻，你们去救国吧！我的老骨头再……再也不中用了！我是个老亡国奴，我不会眼见你们把日本旗撕碎，等着我埋在坟里……也要把中国旗子插在坟顶，我是中国人！我要中国旗子。我不当亡国奴，生是中国人，死是中国鬼……不……不是亡……亡国奴……"

浓重不可分解的悲酸，使树叶垂头。赵三在红蜡烛前用力敲了桌子两下，人们一起哭向苍天了！人们一起向苍天哭泣。大群的人起着号啕！

就这样把一支匣枪装好子弹摆在众人前面。每人走到那支枪口就跪倒下去盟誓："若是心不诚，天杀我，枪杀我，枪子是有灵有圣有眼睛的啊！"

寡妇们也是盟誓。 也是把枪口对准心窝说话。 只有二里半在人们宣誓之后快要杀羊时他才回来。 从什么地方他捉一只公鸡来！ 只有他没曾宣誓，对于国亡，他似乎没什么伤心，他领着山羊，就回家去。 别人的眼睛，尤其是老赵三的眼睛在骂他："你个老跛脚的东西，你，你不想活吗？ ……"

一四　到都市里去

临行的前夜，金枝在水缸沿上磨剪刀，而后用剪刀撕破死去孩子的尿巾。

年轻的寡妇是住在妈妈家里。

"你明天一定走吗？"

睡在身边的妈妈被灯光照醒，带着无限怜惜，在已决定的命运中求得安慰似的。

"我不走，过两天再走。"金枝答她。

又过了不多时老太太醒来，她再不能睡，当她看见女儿不在身边而在地心洗濯什么的时候，她坐起来问着："你是明天走吗？ 再住三两天不能够吧！"

金枝在夜里收拾东西，母亲知道她是要走。 金枝说："娘，我走两天，就回来，娘……不要着急！"

老太太象在摸索什么，不再发声音。

太阳很高很高了，金枝尚偎在病母亲的身边，母亲说："要走吗？ 金枝！ 走就走吧！ 去赚些钱吧！ 娘不阻碍你。"母亲的声音有些惨然，"可是要学好，不许跟着别人学，不许和男人打交道。"

女人们再也不怨恨丈夫。 她向娘哭着："这不都是小日本子吗？ 挨千刀的小日本子！ 不走等死吗？"

金枝听老人讲，女人独自行路要扮个老相，或丑相，束上一条腰带，她把油罐子挂在身边，盛米的小桶也挂在腰带上，包着针线和一些碎布的小包袱塞进米桶去，装做讨饭的老婆，用灰尘把脸涂得很脏，并有条纹。

临走时妈妈把自己耳上的银环摘下，并且说："你把这个带去吧！ 放在包袱里，别叫人给你抢去，娘一个钱也没有。若饿肚时，你就去卖掉，买个干粮吃吧！"走出门去还听母亲说："遇见日本子，你快伏在蒿子下。"

金枝走得很远，走下斜坡，但是娘的话仍是那样在耳边反复："买个干粮吃。"她心中乱乱的幻想，她不知走了多远，她象从家向外逃跑一般，速步而不回头。 小道也尽是生着短草，即便是短草也障碍金枝赶路的脚。

日本兵坐着马车，口里吸烟，从大道跑过。 金枝有点颤抖了！ 她想起母亲的话，很快躺在小道旁的蒿子里。 日本兵走过，她心跳着站起，她四面惶惶在望：母亲在哪里？ 家乡离开她很远，前面又来到一个生疏的村子，使她感觉到走过无数人间。

红日快要落过天边去，人影横倒地面杆子一般瘦长。　踏过去一条小河桥，再没有多少路途了！

哈尔滨城渺茫中有工厂的烟囱插入云天。

金枝在河边喝水，她回头望向家乡，家乡遥远而不可见。　只是高高的山头，山下辨不清是烟是树，母亲就在烟树荫中。

她对于家乡的山是那般难舍，心脏在胸中飞起了！　金枝感到自己的心已被摘掉不知抛向何处！　她不愿走了，强行走过河桥又转入小道。　前面哈尔滨城在招示她，背后家山向她送别。

小道不生蒿草，日本兵来时，让她躲身到地缝中去吗？她四面寻找，为了心脏不能平衡，脸面过量的流汗，她终于被日本兵寻到："你的！　……站住。"

金枝好比中了枪弹，滚下小沟去，日本兵走近，看一看她脏污的样子。

他们和肥鸭一般，嘴里发响摆动着身子，没有理她走过去了！　他们走了许久许久，她仍没起来，以后她哭着，木桶扬翻在那里，小包袱从木桶滚出。　她重新走起时，身影在地面越瘦越长起来，和细线似的。

金枝在夜的哈尔滨城，睡在一条小街阴沟板上。　那条街是小工人和洋车夫们的街道。　有小饭馆，有最下等的妓女，妓女们的大红裤子时时在小土房的门前出现。　闲散的人，做出特别姿态，慢慢和大红裤子们说笑，后来走进小房去，过

一会又走出来。 但没有一个人理会破乱的金枝，她好象一个
垃圾桶，好象一个病狗似的堆偎在那里。

这条街连警察也没有，讨饭的老婆和小饭馆的伙计吵
架。

满天星火，但那都疏远了！ 那是与金枝绝缘的物体。
半夜过后金枝身边来了一条小狗，也许小狗是个受难的小
狗？ 这流浪的狗它进木桶去睡。 金枝醒来仍没出太阳，天
空许多星充塞着。 许多街头流浪人，尚挤在小饭馆门前，等
候着最后的施舍。

金枝腿骨断了一般酸痛，不敢站起。 最后她也挤进要饭
人堆去，等了好久，伙计不见送饭出来，四月里露天睡宿打
着透心的寒颤，别人看她的时候，她觉得这个样子难看，忍
了饿又来在原处。

夜的街头，这是怎样的人间？ 金枝小声喊着娘，身体在
阴沟板上不住地抽拍。 绝望着，哭着，但是她和木桶里在睡
的小狗一般同样不被人注意，人间好象没有他们存在。 天
明，她不觉得饿，只是空虚，她的头脑空空尽尽了！

在街树下，一个缝补的婆子，她遇见对面去问：

"我是新来的，新从乡下来的……"

看她作窘的样子，那个缝婆没理她，面色在清凉的早晨
发着淡白走去。

卷尾的小狗偎依着木桶好象偎依妈妈一般，早晨小狗大
约感到太寒。

小饭馆渐渐有人来往。 一堆白热的馒头从窗口堆出。

"老婶娘，我新从乡下来……我跟你去，去赚几个钱吧！"

第二次，金枝成功了，那个婆子领她走，一些搅扰的街道，发出浊气的街道，她们走过。 金枝好象才明白，这里不是乡间了，这里只是生疏、隔膜、无情感。 一路除了饭馆门前的鸡、鱼、和香味，其余她都没有看见似的，都没有听闻似的。

"你就这样把袜子缝起来。"

在一个挂金牌的"鸦片专卖所"的门前，金枝打开小包，用剪刀剪了块布角，缝补不认识的男人的破袜。 那婆子又在教她："你要快缝，不管好坏，缝住，就算。"

金枝一点力量也没有，好象愿意赶快死似的，无论怎样努力眼睛也不能张开。 一部汽车擦着她的身边驰过，跟着警察来了，指挥她说："到那边去！ 这里也是你们缝穷的地方？"

金枝忙仰头说："老总，我刚从乡下来，还不懂得规矩。"

在乡下叫惯了老总，她叫警察也是老总，因为她看警察也是庄严的样子，也是腰间佩枪。 别人都笑她，那个警察也笑了。 老缝婆又教说她："不要理他，也不必说话，他说你，你躲后一步就完。"

她，金枝立刻觉得自己发羞，看一看自己的衣裳也不和别人同样，她立刻讨厌从乡下带来的破罐子，用脚踢了罐子一下。

袜子补完，肚子空虚的滋味不见终止，假若得法，她要到无论什么地方去偷一点东西吃。很长时间她停住针，细看那个立在街头吃饼干的孩子，一直到孩子把饼干的最末一块送进嘴去，她仍在看。

"你快缝，缝完吃午饭……可是你吃了早饭没有？"

金枝感到过于亲热，好象要哭出来似的，她想说："从昨夜就没吃一点东西，连水也没喝过。"

中午来到，她们和从"鸦片馆"出来那些游魂似的人们同行着。

女工店有一种特别不流通的气息，使金枝想到这又不是乡村，但是那一些停滞的眼睛，黄色脸，直到吃过饭，大家用水盆洗脸时她才注意到，全屋五丈多长，没有隔壁，墙的四周涂满了臭虫血，满墙拖长着黑色紫色的血点。

一些污秽发酵的包袱围墙堆集着。这些多样的女人，好象每个患着病似的，就在包袱上枕了头讲话："我那家子的太太，待我不错，吃饭都是一样吃，哪怕吃包子我也一样吃包子。"

别人跟住声音去羡慕她。过了一阵又是谁说她被公馆里的听差扭一下嘴巴。她说她气病了一场，接着还是不断地乱说。这一些烦烦乱乱的话金枝尚不能明白，她正在细想什么叫公馆呢？什么是太太？她用遍了思想而后问一个身边在吸烟的剪发的妇人："'太太'不就是老太太吗？"

那个妇人没答她，丢下烟袋就去呕吐。 她说吃饭吃了苍蝇。

可是全屋通长的板炕，那一些城市的女人她们笑得使金枝生厌，她们是前仆后折的笑。 她们为着笑这个乡下女人彼此兴奋得拍响着肩膀，笑得过甚的竟流起眼泪来。 金枝却静静坐在一边。 等夜晚睡觉时，她向初识那个老太太说："我看哈尔滨倒不如乡下好，乡下姊妹很和气，你看午间她们笑我拍着掌哩！"

说着她卷紧一点包袱，因为包袱里面藏着赚得的两角钱纸票，金枝枕了包袱，在都市里的臭虫堆中开始睡觉。

金枝赚钱赚得很多了！ 在裤腰间缝了一个小口袋，把两元钱的票子放进去，而后缝住袋口。 女工店向她收费用时她同那人说："晚几天给不行吗？ 我还没赚到钱。"她无法又说："晚上给吧！ 我是新从乡下来的。"

终于那个人不走，她的手摆在金枝眼下。 女人们也越集越多，把金枝围起来。 她好象在耍把戏一般招来这许多观众，其中有一个三十多岁的胖子，头发完全脱掉，粉红色闪光的头皮，独超出人前，她的脖子装好颤丝一般，使闪光的头颅轻便而随意地在转，在颤，她就向金枝说："你快给人家！ 怎么你没有钱？ 你把钱放在什么地方我都知道。"

金枝生气，当着大众把口袋撕开，她的票子四分之三觉得是损失了！ 被人夺走了！ 她只剩五角钱。 她想："五角钱怎样送给妈妈？ 两元要多少日子再赚得？"

她到街上去上工很晚。 晚间一些臭虫被捏死，发出袭人的臭味，金枝坐起来全身搔痒，直到搔出血来为止。

楼上她听着两个女人骂架，后来又听见女人哭，孩子也哭。

母亲病好了没有？ 母亲自己拾柴烧吗？ 下雨房子漏水吗？ 渐渐想得恶化起来：她若死了不就是自己死在炕上无人知道吗？

金枝正在走路，脚踏车响着铃子驰过她，立刻心脏膨胀起来，好象汽车要轧上身体，她终止一切幻想了。

金枝知道怎样赚钱，她去过几次独身汉的房舍，她替人缝被，男人们问她："你丈夫多大岁数咧？"

"死啦！"

"你多大岁数？"

"二十七。"

一个男人拖着拖鞋，散着裤口，用他奇怪的眼睛向金枝扫了一下，奇怪的嘴唇跳动着："年轻轻的小寡妇哩！"

她不懂在意这个，缝完，带了钱走了。 有一次走出门时有人喊她："你回来……你回来。"

给人以奇怪感觉的急切地呼叫，金枝也懂得应该快走，不该回头。 晚间睡下时，她向身边的周大娘说："为什么缝完，拿钱走时他们叫我？"

周大娘说："你拿人家多少钱？"

"缝一个被子，给我五角钱。"

"怪不得他们叫你！不然为什么给你那么多钱？普通一张被两角。"

周大娘在倦乏中只告诉她一句："缝穷婆谁也逃不了他们的手。"

那个全秃的亮头皮的妇人在对面的长炕上类似尖巧的呼叫，她一面走到金枝头顶，好象要去抽拔金枝的头发。弄着她的胖手指："唉呀！我说小寡妇，你的好运气来了！那是又来财又开心。"

别人被吵醒开始骂那个秃头："你该死的，有本领的野兽，一百个男人也不怕，一百个男人你也不够。"

女人骂着彼此在交谈，有人在大笑，不知谁在一边重复了好几遍："还怕！一百个男人还不够哩！"

好象闹着的蜂群静了下去，女人们一点嗡声也停住了，她们全体到梦中去。

"还怕！一百个男人还不够哩！"不知谁，她的声音没有人接受，空洞地在屋中走了一周，最后声音消灭在白月的窗纸上。

金枝站在一家俄国点心铺的纱窗外。里面格子上各式各样的油黄色的点心、肠子、猪腿、小鸡，这些吃的东西，在那里发出油亮。最后她发现一个整个的肥胖的小猪，竖起耳朵伏在一个长盘里。小猪四围摆了一些小白菜和红辣椒。

她要立刻上去连盘子都抱住，抱回家去快给母亲看。 不能那样做，她又恨小日本子，若不是小日本子搅闹乡村，自家的母猪不是早生了小猪吗？

"布包"在肘间渐渐脱落，她不自觉的在铺门前站不安定，行人道上人多起来，她碰撞着行人。 一个漂亮的俄国女人从点心铺出来，金枝连忙注意到她透孔的鞋子下面染红的脚指甲；女人走得很快，比男人还快，使她不能再看。

人行道上：唬唬的大响，大队的人经过，金枝一看见铜帽子就知道日本兵，日本兵使她离开点心铺快快跑走。 她遇到周大娘向她说："一点活计也没有，我穿这一件短衫，再没有替换的，连买几尺布的钱也攒不下，十天一交费用，那就是一块五角。 又老，眼睛又花，缝的也慢，从没人领我到家里去缝。 一个月的饭钱还是欠着，我住得年头多了！ 若是新来，那就非被赶出去不可。"她走一条横道又说："新来的一个张婆，她有病都被赶走了。"

经过肉铺，金枝对肉铺也很留恋，她想买一斤肉回家也满足。 母亲半年多没尝过肉味。

松花江，江水不住地流，早晨还没有游人，舟子在江沿无聊地彼此骂笑。

周大娘坐在江边。 怅然了一刻，接着擦她的眼睛，眼泪是为着她末日的命运在流。 江水轻轻拍着江岸。

金枝没被感动，因为她刚来到都市，她还不晓得都市。 金枝为着钱，为着生活，她小心地跟了一个独身汉去到他的房舍。 刚踏进门，金枝看见那张床，就害怕，她不坐在床边，坐在椅子上先缝被褥。 那个男人开始慢慢和她说话，每一句话使她心跳。 可是没有什么，金枝觉得那很同情她。接着就缝一件夹衣的袖口，夹衣是从那个人身上立刻脱下的。 等到袖口缝完时，那男人从腰带间一个小口袋取出一元钱给她，那男人一面把钱送过去，一面用他短胡子的嘴向金枝扭了一下，他说："寡妇有谁可怜你？"

金枝是乡下女人，她还看不清那人是假意同情，她轻轻受了"可怜"字眼的感动，她心有些波荡，停在门口，想说一句感谢的话，但是她不懂说什么，终于走了！ 她听道旁大水壶的笛子在耳边叫，面包作坊门前取面包的车子停在道边，俄国老太太花红的头巾驰过她。

"嗳！ 回来……你来，还有衣裳要缝。"

那个男人涨红了脖子追在后面。 等来到房中，没有事可做，那个男人象猿猴一般，袒露出多毛的胸膛，去用厚手掌闩门去了！ 而后他开始解他的裤子，最后他叫金枝："快来呀……小宝贝。"他看一看金枝吓住了，没动，"我叫你是缝裤子，你怕什么？"

缝完了，那人给她一元票，可是不把票子放到她的手里，把票子摔到床底，让她弯腰去取，又当她取得票子时夺过来让她再取一次。

金枝完全摆在男人怀中，她不是正音嘶叫："对不起娘呀！ ……对不起娘……"

她无助的嘶狂着，圆眼睛望一望锁住的门不能自开，她不能逃走，事情必然要发生。

女工店吃过晚饭，金枝好象踏着泪痕行走，她的头过分的迷昏，心脏落进污水沟中似的，她的腿骨软了，松懈了，爬上炕取她的旧鞋，和一条手巾，她要回乡，马上躺到娘身上去哭。

炕尾一个病婆，垂死时被店主赶走，她们停下那件事不去议论，金枝把她们的趣味都集中来。

"什么勾当？ 这样着急？"第一个是周大娘问她。

"她一定进财了！"第二个是秃头胖子猜说。

周大娘也一定知道金枝赚到钱了，因为每个新来的第一次"赚钱"都是过分的羞恨。 羞恨摧毁她，忽然患着传染病一般。

"惯了就好了！ 那怕什么！ 弄钱是真的，我连金耳环都赚到手里。"

秃胖子用好心劝她，并且手在扯着耳朵。 别人骂她："不要脸，一天就是你不要脸！"

旁边那些女人看见金枝的痛苦，就是自己的痛苦，人们慢慢四散，去睡觉了，对于这件事情并不表示新奇和注意。

金枝勇敢的走进都市，羞恨又把她赶回了乡村，在村头的大树枝上发现人头。 一种感觉通过骨髓麻寒她全身的皮肤，那是怎样可怕，血浸的人头！

母亲拿着金枝的一元票子，她的牙齿在嘴里埋没不住，完全外露，她一面细看票子上的花纹，一面快乐有点不能自制地说："来家住一夜明日就走吧！"

金枝在炕沿捶打酸痛的腿骨；母亲不注意女儿为什么不欢喜，她只跟了一张票子想到另一张，在她想，许多票子不都可以到手吗？ 她必须鼓励女儿。

"你应该洗洗衣裳收拾一下，明天一早必得要行路的，在村子里是没有出头露面之日。"

为了心切，她好象责备着女儿一般，简直对于女儿没有热情。

一扇窗子立刻打开，拿着枪的黑脸孔的人竟跳进来，踏了金枝的左腿一下。 那个黑人向棚顶望了望，他熟悉地爬向棚顶去，王婆也跟着走来，她多日不见金枝而没说一句话，宛如她什么也看不见似的。 一直爬上棚顶去。 金枝和母亲什么也不晓得，只是爬上去。 直到黄昏恶消息仍没传来，他们和爬虫样才从棚顶爬下。 王婆说："哈尔滨一定比乡下好，你再去就在那里不要回来，村子里日本子越来越恶，他们捉大肚女人，破开肚子去破红枪会①，活显显的小孩从肚皮流出来。 为这事，李青山把两个日本子的脑袋割下挂到树上。"

金枝鼻子作出哼声："从前恨男人，现在恨小日本子。"最后她转到伤心的路上去，"我恨中国人呢！ 除外我什么也

---

① 红枪会：义勇军的一种。

不恨。"

王婆的学识有点不如金枝了!

一五　失败的黄色药包

开拔的队伍在南山道转弯时，孩子在母亲怀中向父亲送别。 行过大树道，人们滑过河边。 他们的衣装和步伐看起来不象一个队伍，但衣服下藏着猛壮的心。 这些心把他们带走，他们的心铜一般凝结着出发。 最末一刻大山坡还未曾遮没最后的一个人，一个抱在妈妈怀中的小孩他呼叫"爹爹"。 孩子的呼叫什么也没得到，父亲连手臂也没摇动一下，孩子好象把声响撞到了岩石。

女人们一进家屋，屋子好象空了；房屋好象修造在天空，素白的阳光在窗上，却不带来一点意义。 她们不需要男人回来，只需要好消息。 消息来时，是五天过后，老赵三赤着他显露筋骨的脚奔向李二婶子去告诉："听说青山他们被打散啦！"显然赵三是手足无措，他的胡子也震惊起来，似乎忙着要从他的嘴巴跳下。

"真的有人回来了吗？"

李二婶子的喉咙变做细长的管道，使声音出来做出多角形。

"真的，平儿回来啦！"赵三说。

严重的夜，从天上走下。 日本兵围剿打鱼村，白旗屯和三家子……

平儿正在王寡妇家，他休息在情妇的心怀中。 外面狗叫，听到日本人说话，平儿越墙逃走；他埋进一片蒿草中，蛤蟆在脚间跳。

"非拿住这小子不可，怕是他们和义勇军接连！"

在蒿草中他听清这是谁们在说："走狗们！"

平儿他听清他的情妇被拷打。

"男人哪里去啦？ ——快说，再不说枪毙！"

他们不住骂："你们这些母狗，猪养的。"

平儿完全赤身，他走了很远。 他去扯衣襟拭汗，衣襟没有了，在腿上扒了一下，于是才发现自己的身影落在地面和光身的孩子一般。

二里半的麻婆子被杀，罗圈腿被杀，死了两个人，村中安息两天。 第三天又是要死人的日子。 日本兵满村窜走，平儿到金枝家棚顶去过夜。 金枝说："不行呀！ 棚顶方才也来小鬼子翻过。"

平儿于是在田间跑着，枪弹不住向他放射，平儿的眼睛不会转弯，他听有人在近处叫："拿活的，拿活的……"

他错觉的听到了一切，他遇见一扇门推进去，一个老头在烧饭，平儿快流眼泪了："老伯伯，救命，把我藏起来吧！ 快救命吧！"

老头子说："什么事？"

"日本子捉我。"

平儿鼻子流血，好象他说到日本子才流血。 他向全屋四面张望，就象连一条缝也没寻到似的，他转身要跑，老人捉住，出了后门，盛粪的长形的笼子在门旁，掀起粪笼，老人说："你就爬进去，轻轻喘气。"

老人用粥饭涂上纸条把后门封起来，他到锅边吃饭。 粪笼下的平儿听见来人和老人讲话，接着他便听到有人在弄门闩，门就要开了，自己就要被捉了！ 他想要从笼子跳出来，但，很快那些人，那些魔鬼去了！

平儿从安全的粪笼出来，满脸粪屑，白脸染着红血条，鼻子仍然流血，他的样子已经很惨。

李青山这次信任"革命军"有用，逃回村来，他不同别人一样带回沮丧的样子，他在王婆家说："革命军所好的是他不胡乱干事，他们有纪律，这回我算相信，红胡子算完蛋，自己纷争，乱撞胡撞。"

这次听众很少，人们不相信青山。 村人天生容易失望，每个人容易失望。

每个人觉得完了！ 只有老赵三，他不失望，他说："那么再组织起来去当革命军吧！"

王婆觉得赵三说话和孩子一般可笑。 但是她没笑他。她对身边坐着戴男人帽子、当过胡子救过国的女英雄说："死的就丢下，那么受伤的怎样了？"

"受轻伤的不都回来了吗！ 受重伤那就管不了，死就是啦！"

正这时北村一个老婆婆疯了似的哭着跑来和李青山拼命。她捧住头，象捧住一块石头般地投向墙壁，嘴中发出短句："李青山……仇人……我的儿子让你领走去丧命。"

人们拉开她，她有力挣扎，比一条疯牛更有力。

"就这样不行，你把我给小日本子送去吧！我要死……到应死的时候了！……"

她就这样不住地捉她的头发，慢慢她倒下来，她换不上气来，她轻轻拍着王婆的膝盖："老姐姐，你也许知道我的心，十九岁守寡，守了几十年，守这个儿子……我那些挨饿的日子呀！我跟孩子到山坡去割茅草，大雨来了，雨从山坡把娘儿两个拍滚下来，我的头，在我想是碎了，谁知道？还没死……早死早完事。"

她的眼泪一阵湿热湿透王婆的膝盖，她开始轻轻哭："你说我还守什么？……我死了吧！有日本子等着，菱花那丫头也长不大，死了吧！"

果然死了，房梁上吊死的。三岁孩子菱花的小脖颈和祖母并排悬着，高挂起正象两条瘦鱼。

死亡率在村中又开始快速增长，但是人们不怎样觉察，患着传染病一般地全乡村又在昏迷中挣扎。

爱国军从三家子经过，张着黄色旗，旗上有红字"爱国军"。人们有的跟着去了！他们不知道怎样爱国，爱国又有什么用处，只是他们没有饭吃啊！

李青山不去，他说那也是胡子编成的。老赵三为着"爱国军"和儿子吵架："我看你是应该去，在家若是传出风声去有人捉拿你。 跟去混混，到最末就是杀死一个日本鬼子也上算，也出出气。 年轻气壮，出一口气也是好的。"

老赵三一点见识也没有，他这样盲动的说话使儿子不佩服，平儿同爹爹讲话总是把眼睛绕着圈子斜视一下，或是不调协的抖一两下肩头，这样对待他，他非常不愿意接受，有时老赵三自己想："老赵三怎不是个小赵三呢！"

一六　尼姑

金枝要做尼姑去。

尼姑庵红砖房子就在山尾那端。 她去开门没能开，成群的麻雀在院心啄食，石阶生满绿色的苔藓，她问一个邻妇，邻妇说："尼姑在事变以后，就不见，听说跟造房子的木匠跑走的。"

从铁门栏看进去，房子还未上好窗子，一些长短的木块尚在院心，显然可以看见正房里，凄凉的小泥佛在坐着。

金枝看见那个女人肚子大起来，金枝告诉她说："这样大的肚子你还敢出来？ 你没听说小日本子把大肚女人弄去破红枪会吗？ 日本子把女人肚子割开，去带着上阵，他们说红枪会什么也不怕，就怕女人；日本子叫红枪会做'铁孩子'呢！"

那个女人立刻哭起来。

"我说不嫁出去，妈妈不许，她说日本子就要姑娘，看看，这回怎么办？ 孩子的爹爹走就没见回来，他是去当义勇军。"

有人从庙后爬出来，金枝她们吓得跑。

"你们见了鬼吗？ 我是鬼吗？ ……"

往日美丽的年轻的小伙子，和死蛇一般爬回来。 五姑姑出来看见自己的男人，她想到往日受伤的马，五姑姑问他："义勇军全散了吗？"

"全散啦！ 全死啦！ 就连我也死啦！"他用一只胳膊打着草梢轮回："养汉老婆，我弄得这个样子，你就一句亲热的话也没有吗？"

五姑姑垂下头，和睡了的向日葵花一般。 大肚子的女人回家去了！ 金枝又走向哪里去？ 她想出家，庙庵早已空了！

一七　不健全的腿

"'人民革命军'在哪里？"二里半突然问起赵三说。这使赵三想："二里半当了走狗吧？"他没告诉他。 二里半又去问青山。 青山说："你不要问，再等几天跟着我走好了！"

二里半急迫着好象他就要跑到革命军去。 青山长声告诉他："革命军在磐石，你去得了吗？ 我看你一点胆量也没有，杀一只羊都不能够。"接着他故意羞辱他似的："你的山羊还好啊？"

二里半为了生气，他的白眼球立刻多过黑眼球。他的热情立刻在心里结成冰。李青山不与他再多说一句，望向窗外天边的树，小声摇着头，他唱起小调来。二里半临出门，青山的女人在厨房向他说："李大叔，吃了饭走吧！"

青山看到二里半可怜的样子，他笑说："回家做什么，老婆也没有了，吃了饭再说吧！"

他自己没有了家庭，他贪恋别人的家庭。当他抬起筷子时，很快一碗麦饭吃下去了，接连他又吃两大碗，别人还没吃完，他已经在抽烟了！他一点汤也没喝，只吃了饭就去抽烟。

"喝些汤，白菜汤很好。"

"不喝，老婆死了三天，三天没吃干饭哩！"二里半摇着头。

青山忙问："你的山羊吃了干饭没有？"

二里半吃饱饭，好象一切都有希望。他没生气，照例自己笑起来。他感到满意地离开青山家。在小道上不断地抽他的烟袋。天色茫茫的并不引他悲哀，蛤蟆在小河边一声声的哇叫。河边的小树随了风在骚闹，他踏着往日自己的菜田，他振动着往日的心波。菜田连棵菜也不生长。

那边人家的老太太和小孩子们载起暮色来在田上匍匐。他们相遇在地端，二里半说："你们在掘地吗？地下可有宝物？ 若有我也蹲下掘吧！"

一个很小的孩子发出脆声："拾麦穗呀！"孩子似乎是快乐，老祖母在那边已叹息了："有宝物？ ……我的老天爷！孩子饿得乱叫，领他们来拾几粒麦穗，回家给他们做干粮吃。"

二里半把烟袋给老太太吸，她拿过烟袋，连擦都没有擦，就放进嘴去。

显然她是熟悉吸烟，并且十分需要。 她把肩膀抬得高高，她紧合了眼睛，浓烟不住从嘴冒出，从鼻孔冒出。 那样很危险，好象她的鼻子快要着火。

"一个月也多了，没得摸到烟袋。"

她象仍不愿意舍弃烟袋，理智勉强了她。 二里半接过去把烟袋在地面挠着。

人间已是那般寂寞了！ 天边的红霞没有鸟儿翻飞，人家的篱墙没有狗儿吠叫。

老太太从腰间慢慢取出一个纸团，纸团慢慢在手下舒展开，而后又折平。

"你回家去看看吧！ 老婆、孩子都死了！ 谁能救你，你回家去看看吧！ 看看就明白啦！"

她指点那张纸，好似指点符咒似的。

天更黑了！ 黑得和帐幕紧逼住人脸。 最小的孩子，走几步，就抱住祖母的大腿，他不住地嚷着："奶奶，我的筐满了，我提不动呀！"

祖母为他提筐，拉着他。 那几个大一些的孩子卫队似的跑在前面。 到家，祖母点灯看时，满筐蒿草，蒿草从筐沿要流出来，而没有麦穗，祖母打着孩子的头笑了："这都是你拾得的麦穗吗？"祖母把笑脸转换哀伤的脸，她想："孩子还不能认识麦穗，难为了孩子！"

五月节，虽然是夏天，却象吹起秋风来。 二里半熄了灯，雄壮着从屋檐出现，他提起切菜刀，在墙角，在羊棚，就是院外白树下，他也搜遍。 他要使自己无牵无挂，好象非立刻杀死老羊不可。

这是二里半临行的前夜。

老羊鸣叫着回来，胡子间挂了野草，在栏栅处擦得栏栅响。 二里半手中的刀，举得比头还高，他朝向栏杆走去。

菜刀飞出去，喳啦的砍倒了小树。

老羊走过来，在他的腿间搔痒。 二里半许久许久的抚摸羊头，他十分羞愧，好象耶稣教徒一般向羊祷告。

清早他象对羊说话，在羊棚喃喃了一阵，关好羊栏，羊在栏中吃草。

五月节，晴明的青空。 老赵三看这不象个五月节样：麦子没长起来，嗅不到麦香，家家门前没挂纸葫芦。 他想这一切是变了！ 变得这样速！ 去年五月节，清清明明的，就在眼前似的，孩子们不是捕蝴蝶吗？ 他不是喝酒吗？

他坐在门前一棵倒折的树干上，凭吊这已失去的一切。

李青山的身子经过他，他扮成"小工"模样，赤足卷起裤口，他说给赵三："我走了！ 城里有人候着，我就要去……"

青山没提到五月节。

二里半远远跛脚奔来，他青色马一样的脸孔，好象带着笑容。 他说："你在这里坐着，我看你快要朽在这根木头上……"

二里半回头看时，被关在栏中的老羊，居然随在身后，立刻他的脸更拖长起来："这只老羊……替我养着吧！ 赵三哥！ 你活一天替我养一天吧……"

二里半的手，在羊毛上惜别，他流泪的手，最后一刻摸着羊毛。

他快走，跟上前面李青山去。 身后老羊不住哀叫，羊的胡子慢慢在摆动……

二里半不健全的腿颠跌着颠跌着，远了！ 模糊了！ 山岗和树林，渐去渐远。 羊声在遥远处伴着老赵三茫然的嘶鸣。

一九三四年九月九日

一

三月的原野已经绿了，像地衣那样绿，透出在这里，那里。 郊原上的草，是必须转折了好几个弯儿才能钻出地面的，草儿头上还顶着那胀破了种粒的壳，发出一寸多高的芽子，欣幸的钻出了土皮。 放牛的孩子，在掀起了墙脚片下面的瓦片时，找到了一片草芽了，孩子们到家里告诉妈妈，说："今天草芽出土了！"妈妈惊喜的说："那一定是向阳的地方！"抢根菜的白色的圆石似的籽儿在地上滚着，野孩子一升一斗的在拾。 蒲公英发芽了，羊咩咩的叫，乌鸦绕着杨树林子飞，天气一天暖似一天，日子一寸一寸的都有意思。杨花满天照地的飞，像棉花似的。 人们出门都是用手捉着，杨花挂着他了。

草和牛粪都横在道上，放散着强烈的气味，远远的有用石子打船的声音，空空的大响传来。

河冰发了，冰块顶着冰块，苦闷的又奔放的向下流。 乌鸦站在冰块上寻觅小鱼吃，或者是还在冬眠的青蛙。

天气突然的热起来，说是"二八月，小阳春"，自然冷天气还是要来的，但是这几天可热了。 春天带着强烈的呼唤从这头走到那头……

小城里被杨花给装满了，在榆树还没变黄之前，大街小巷到处飞着，像纷纷落下的雪块……

春来了，人人像久久等待着一个大暴动，今天夜里就要举行，人人带着犯罪的心情，想参加到解放的尝试……春吹到每个人的心坎，带着呼唤，带着蛊惑……

我有一个姨，和我的堂哥哥大概是恋爱了。

姨母本来是很近的亲属，就是母亲的姊妹。 但是我这个姨，她不是我的亲姨，她是我的继母的继母的女儿。 那么她可算与我的继母有点血统的关系了，其实也是没有的。

因为我这个外祖母已经做了寡妇之后才来到的外祖父家，翠姨就是这个外祖母的原来在另外的一家所生的女儿。

翠姨还有一个妹妹，她的妹妹小她两岁，大概是十七八岁，那么翠姨也就是十八九岁了。

翠姨生得并不是十分漂亮，但是她长得窈窕，走起路来沉静而且漂亮，讲起话来清楚的带着一种平静的感情。 她伸手拿樱桃吃的时候，好像她的手指尖对那樱桃十分可怜的样子，她怕把它触坏了似的轻轻的捏着。

假若有人在她的背后招呼她一声，她若是正在走路，她就会停下，若是正在吃饭，就要把饭碗放下，而后把头向着自己的肩膀转过去，而全身并不大转，于是她自觉的闭合着嘴唇，像是有什么要说而一时说不出来似的……

而翠姨的妹妹，忘记了她叫什么名字，反正是一个大说大笑的人，不十分修边幅，和她的姐姐完全不同。花的绿的，红的紫的，只要是市上流行的，她就不大加以选择，做起一件衣服来赶快就穿在身上。穿上了而后，到亲戚家去串门，人家恭维她的衣料怎样漂亮的时候，她总是说，和这完全一样的，还有一件，她给了她的姐姐了。

我到外祖父家去，外祖父家里没有像我一般大的女孩子陪着我玩，所以每当我去，外祖母总是把翠姨喊来陪我。

翠姨就住在外祖父的后院，隔着一道板墙，一招呼，听见就来了。

外祖父住的院子和翠姨住的院子，虽然只隔一道板墙，但是却没有门可通，所以还得绕到大街上去从正门进来。

因此有时翠姨先来到板墙这里，从板墙缝中和我打了招呼，而后回到屋去装饰了一番，才从大街上绕了个圈来到她母亲的家里。

翠姨很喜欢我，因为我在学堂里念书，而她没有，她想什么事我都比她明白。所以她总是有许多事务同我商量，看看我的意见如何。

到夜里，我住在外祖父家里了，她就陪着我也住下的。

每每从睡下就谈，谈过了半夜，不知为什么总是谈不完……

开初谈的是衣服怎样穿，穿什么样的颜色，穿什么样的料子。比如走路应该快或是应该慢，有时白天里她买了一个别针，到夜里她拿出来看看，问我这别针到底是好看或是不好看。 那时候，大概是十五年前的时候，我们不知别处如何装扮一个女子，而在这个城里几乎个个都有一条宽大的绒绳结的披肩，蓝的，紫的，各色的也有，但最多多不过枣红色了。 几乎在街上所见的都是枣红色的大披肩了。

哪怕红的绿的那么多，但总没有枣红色的最流行。

翠姨的妹妹有一张，翠姨有一张，我的所有的同学，几乎每人有一张。 就连素不考究的外祖母的肩上也披着一张，只不过披的是蓝色的，没有敢用那最流行的枣红色的就是了。 因为她总算年纪大了一点，对年轻人让了一步。

还有那时候都流行穿绒绳鞋，翠姨的妹妹就赶快的买了穿上。 因为她那个人很粗心大意，好坏她不管，只是人家有她也有。 别人是人穿衣裳，而翠姨的妹妹就好像被衣服所穿了似的，芜芜杂杂。 但永远合乎着应有尽有的原则。

翠姨的妹妹的那绒绳鞋，买来了，穿上了。 在地板上跑着，不大一会工夫，那每只鞋脸上系着的一只毛球，竟有一个毛球已经离开了鞋子，向上跳着，只还有一根绳连着，不然就要掉下来了。 很好玩的，好像一颗大红枣被系到脚上去了。 因为她的鞋子也是枣红色的。 大家都在嘲笑她的鞋子一买回来就坏了。

翠姨，她没有买，她犹疑了好久，不管什么新样的东西到了，她总不是很快的就去买了来，也许她心里边早已经喜欢了，但是看上去她都像反对似的，好像她都不接受。

　　她必得等到许多人都开始采办了，这时候看样子，她才稍稍有些动心。

　　好比买绒绳鞋，夜里她和我谈话，问过我的意见，我也说是好看的，我有很多的同学，她们也都买了绒绳鞋。

　　第二天翠姨就要求我陪着她上街，先不告诉我去买什么，进了铺子选了半天别的，才问到我绒绳鞋。

　　走了几家铺子，都没有，都说是已经卖完了。我晓得店铺的人是这样瞎说的。表示他家这店铺平常总是最丰富的，只恰巧你要的这件东西，他就没有了。我劝翠姨说咱们慢慢的走，别家一定会有的。

　　我们是坐马车从街梢上的外祖父家来到街中心的。

　　见了第一家铺子，我们就下了马车。不用说，马车我们已经是付过了车钱的。等我们买好了东西回来的时候，会另外叫一辆的。因为我们不知道要有多久。大概看见什么好，虽然不需要也要买点，或是东西已经买全了不必要再多流连，也要流连一会，或是买东西的目的，本来只在一双鞋，而结果鞋子没有买到，反而啰里啰嗦的买回来许多用不着的东西。

　　这一天，我们辞退了马车，进了第一家店铺。

　　在别的大城市里没有这种情形，而在我家乡里往往是这样，坐了马车，虽然是付过了钱，让他自由去兜揽生意，但是他常常还仍旧等候在铺子的门外，等一出来，他仍旧请你坐他的车。

　　我们走进第一个铺子，一问没有。 于是就看了些别的东西，从绸缎看到呢绒，从呢绒再看到绸缎，布匹是根本不看的，并不像母亲们进了店铺那样子，这个买去做被单，那个买去做棉袄的，因为我们管不了被单棉袄的事。 母亲们一月不进店铺，一进店铺又是这个便宜应该买，那个不贵，也应该买。 比方一块在夏天才用的花洋布，母亲们冬天里就买起来了，说是趁着便宜多买点，总是用得着的。 而我们就不然了，我们是天天进店铺的，天天搜寻些个好看的，是贵的值钱的，平常时候，绝对的用不到想不到的。

　　那一天我们就买了许多花边回来，钉着光片的，带着琉璃的。 说不上要做什么样的衣服才配得着这种花边。 也许根本没有想到做衣服，就贸然的把花边买下了。 一边买着，一边说好，翠姨说好，我也说好。 到了后来，回到家里，当众打开了让大家评判，这个一言，那个一语，让大家说得也有一点没有主意了，心里已经五六分空虚了。 于是赶快的收拾了起来，或者从别人的手中夺过来，把它包起来，说她们不识货，不让她们看了。

　　勉强说着："我们要做一件红金丝绒的袍子，把这个黑琉璃边镶上。"

　　或是："这红的我们送人去……"

　　说虽仍旧如此说，心里已经八九分空虚了，大概是这些所心爱的，从此就不会再出头露面的了。

　　在这小城里，商店究竟没有多少，到后来又加上看不到绒绳鞋，心里着急，也许跑得更快些，不一会工夫，只剩了三两家了。而那三两家，又偏偏是不常去的，铺子小，货物少。想来它那里也是一定不会有的了。

我们走进一个小铺子里去，果然有三四双非小即大，而且颜色都不好看。

翠姨有意要买，我就觉得奇怪，原来就不十分喜欢，既然没有好的，又为什么要买呢？让我说着，没有买成回家去了。

过了两天，我把买鞋子这件事情早就忘了。

翠姨忽然又提议要去买。

从此我知道了她的秘密，她早就爱上了那绒绳鞋了，不过她没有说出来就是，她的恋爱的秘密就是这样子的，她似乎要把它带到坟墓里去，一直不要说出口，好像天底下没有一个人值得听她的告诉……

在外边飞着满天的大雪，我和翠姨坐着马车去买绒绳鞋。

我们身上围着皮褥子，赶车的车夫高高的坐在车夫台上，摇晃着身子唱着沙哑的山歌："喝咧咧……"耳边的风呜呜的啸着，从天上倾下来的大雪迷乱了我们的眼睛，远远的天隐在云雾里，我默默的祝福翠姨快快买到可爱的绒绳鞋，我从心里愿意她得救……

市中心远远的朦朦胧胧的站着，行人很少，全街静悄无声。我们一家挨一家的问着，我比她更急切，我想赶快买到吧，我小心的盘问着那些店员们，我从来不放弃一个细微的机会，我鼓励翠姨，没有忘记一家。 使她都有点儿诧异，我为什么忽然这样热心起来，但是我完全不管她的猜疑，我不顾一切的想在这小城里，找出一双绒绳鞋来。

只有我们的马车，因为载着翠姨的愿望，在街上奔驰得特别的清醒，又特别的快。

雪下的更大了，街上什么人都没有了，只有我们两个人，催着车夫，跑来跑去。 一直到天都很晚了，鞋子没有买到。 翠姨深深的看到我的眼里说："我的命，不会好的。"我很想装出大人的样子，来安慰她，但是没有等到找出什么适当的话来，泪便流出来了。

二

翠姨以后也常来我家住着，是我的继母把她接来的。

因为她的妹妹订婚了，怕是她一旦的结了婚，忽然会剩下她一个人来，使她难过。

因为她的家里并没有多少人，只有她的一个六十多岁的老祖父，再就是一个也是寡妇的伯母，带一个女儿。

堂姊妹本该在一起玩耍解闷的，但是因为性格的相差太远，一向是水火不同炉的过着日子。

她的堂妹妹，我见过，永久是穿着深色的衣裳，黑黑的脸，一天到晚陪着母亲坐在屋子里，母亲洗衣裳，她也洗衣裳，母亲哭，她也哭。 也许她帮着母亲哭她死去的父亲，也许哭的是她们的家穷。 那别人就不晓得了。

本来是一家的女儿，翠姨她们两姊妹却像有钱的人家的小姐，而那个堂妹妹，看上去倒像乡下丫头。 这一点使她得到常常到我们家里来住的权利。

她的亲妹妹订婚了，再过一年就出嫁了。 在这一年中，妹妹大大的阔气了起来，因为婆家那方面一订了婚就来了聘礼。

这个城里，从前不用大洋票，而用的是广信公司出的帖子，一百吊一千吊的论。 她妹妹的聘礼大概是几万吊。 所以她忽然不得了起来，今天买这样，明天买那样，花别针一个又一个的，丝头绳一团一团的，带穗的耳坠子，洋手表，样样都有了。 每逢出街的时候，她和她的姐姐一道，现在总是她付车钱了，她的姐姐要付，她却百般的不肯，有时当着人面，姐姐一定要付，妹妹一定不肯，结果闹得很窘，姐姐无形中觉得一种权利被人剥夺了。

但是关于妹妹的订婚，翠姨一点也没有羡慕的心理。 妹妹未来的丈夫，她是看过的，没有什么好看，很高，穿着蓝袍子黑马褂，好像商人，又像一个小土绅士。 又加上翠姨太年轻了，想不到什么丈夫，什么结婚。

因此，虽然妹妹在她的旁边一天比一天的丰富起来，妹妹是有钱了，但是妹妹为什么有钱的，她没有考察过。

所以当妹妹尚未离开她之前，她绝对的没有重视"订婚"的事。

就是妹妹已经出嫁了，她也还是没有重视这"订婚"的事。

不过她常常的感到寂寞。她和妹妹出来进去的，因为家庭环境孤寂，竟好像一对双生子似的，而今去了一个。不但翠姨自己觉得单调，就是她的祖父也觉得她可怜。

所以自从她的妹妹嫁了，她就不大回家，总是住在她的母亲的家里，有时我的继母也把她接到我们家里。

翠姨非常聪明，她会弹大正琴，就是前些年所流行在中国的一种日本琴，她还会吹箫或是会吹笛子。不过弹那琴的时候却很多。住在我家里的时候，我家的伯父，每在晚饭之后必同我们玩这些乐器的。笛子，箫，日本琴，风琴，月琴，还有什么打琴。真正的西洋的乐器，可一样也没有。

在这种正玩得热闹的时候，翠姨也来参加了，翠姨弹了一个曲子，和我们大家立刻就配合上了。于是大家都觉得在我们那已经天天闹熟了的老调子之中，又多了一个新的花样。

于是立刻我们就加倍的努力，正在吹笛子的把笛子吹得特别响，把笛膜振抖得似乎就要爆裂了似的滋滋的叫着。十岁的弟弟在吹口琴，他摇着头，好像要把那口琴吞下去似的，至于他吹的是什么调子，已经是没有人留意了。在大家忽然来了勇气的时候，似乎只需要这种胡闹。

而那按风琴的人，因为越按越快，到后来也许是已经找不到琴键了，只是那踏脚板越踏越快，踏的呜呜的响，好像有意要毁坏了那风琴，而想把风琴撕裂了一般的。

大概所奏的曲子是《梅花三弄》，也不知道接连的弹过了多少圈，看大家的意思都不想要停下来。 不过到了后来，实在是气力没有了，找不着拍子的找不着拍子，跟不上调的跟不上调，于是在大笑之中，大家停下来了。

不知为什么，在这么快乐的调子里边，大家都有点伤心，也许是乐极生悲了，把我们都笑得一边流着眼泪，一边还笑。

正在这时候，我们往门窗处一看，我的最小的小弟弟，刚会走路，他也背着一个很大的破手风琴来参加了。

谁都知道，那手风琴从来也不会响的。 把大家笑死了。在这回得到了快乐。

我的哥哥（伯父的儿子，钢琴弹得很好），吹箫吹得最好，这时候他放下了箫，对翠姨说："你来吹吧！"翠姨却没有言语，站起身来，跑到自己的屋子去了，我的哥哥，好久好久的看住那帘子。

三

翠姨在我家，和我住一个屋子。 月明之夜，屋子照得通亮，翠姨和我谈话，往往谈到鸡叫，觉得也不过刚刚半夜。

鸡叫了，才说："快睡吧，天亮了。"

有的时候，一转身，她又问我："是不是一个人结婚太早不好，或许是女子结婚太早是不好的！"

我们以前谈了很多话，但没有谈到这些。

总是谈什么，衣服怎样穿，鞋子怎样买，颜色怎样配，买了毛线来，这毛线应该打个什么的花纹，买了帽子来，应该评判这帽子还微微有点缺点，这缺点究竟在什么地方！

虽然说是不要紧，或者是一点关系也没有，但批评总是要批评的。

有时再谈得远一点，就是表姊表妹之类订了婆家，或是什么亲戚的女儿出嫁了。或是什么耳闻的，听说的，新娘子和新姑爷闹别扭之类。

那个时候，我们的县里，早就有了洋学堂了，小学好几个，大学没有。只有一个男子中学，往往成为谈论的目标，谈论这个，不单是翠姨，外祖母，姑姑，姐姐之类，都愿意讲究这当地中学的学生。因为他们一切洋化，穿着裤子，把裤腿卷起来一寸，一张口格得毛宁①外国话，他们彼此一说话就答答答②，听说这是什么毛子话。而更奇怪的就是他们见了女人不怕羞。这一点，大家都批评说是不如从前了，从前的书生，一见了女人脸就红。

我家算是最开通的了，叔叔和哥哥他们都到北京和哈尔

---

① 格得毛宁，英语 good morning 的音译，意为早安。——编者注
② 答答答，俄语 da,da,da 的音译，意为是的，对的。——编者注

滨那些大地方去读书了，他们开了不少的眼界，回到家里来，大讲他们那里都是男孩子和女孩子同学。

这一题目，非常的新奇，开初都认为这是造了反。后来因为叔叔也常和女同学通信，因为叔叔在家庭里是有点地位的人，并且父亲从前也加入过国民党，革过命，所以这个家庭都"咸与维新"起来。

因此在我家里一切都是很随便的，逛公园，正月十五看花灯，都是不分男女，一齐去。

而且我家里设了网球场，一天到晚的打网球，亲戚家的男孩子来了，我们也一齐的打。

这都不谈，仍旧来谈翠姨。

翠姨听了很多的故事，关于男学生结婚事情，就是我们本县里，已经有几件事情不幸的了。有的结婚了，从此就不回家了，有的娶来了太太，把太太放在另一间屋子里住着，而且自己却永久住在书房里。

每逢讲到这些故事时，多半别人都是站在女的一面，说那男子都是念书念坏了，一看了那不识字的又不是女学生之类就生气。觉得处处都不如他。天天总说是婚姻不自由，可是自古至今，都是爹许娘配的，偏偏到了今天，都要自由，看吧，这还没有自由呢，就先来了花头故事了，娶了太太的不回家，或是把太太放在另一个屋子里。这些都是念书念坏了的。

翠姨听了许多别人家的评论。大概她心里边也有些不平，她就问我不读书是不是很坏的，我自然说是很坏的。 而且她看了我们家里男孩子，女孩子通通到学堂去念书的。

而且我们亲戚家的孩子也都是读书的。

因此她对我很佩服，因为我是读书的。

但是不久，翠姨就订婚了。 就是她妹妹出嫁不久的事情。

她的未来的丈夫，我见过。 在外祖父的家里。 人长得又低又小，穿一身蓝布棉袍子，黑马褂，头上戴一顶赶大车的人所戴的五耳帽子。

当时翠姨也在的，但她不知道那是她的什么人，她只当是哪里来了这样一位乡下的客人。 外祖母偷着把我叫过去，特别告诉了我一番，这就是翠姨将来的丈夫。

不久翠姨就很有钱，她的丈夫的家里，比她妹妹丈夫的家里还更有钱得多。 婆婆也是个寡妇，守着个独生的儿子。儿子才十七岁，是在乡下的私学馆里读书。

翠姨的母亲常常替翠姨解说，人矮点不要紧，岁数还小呢，再长上两三年两个人就一般高了。 劝翠姨不要难过，婆家有钱就好的。 聘礼的钱十多万都交过来了，而且就由外祖母的手亲自交给了翠姨，而且还有别的条件保障着，那就是说，三年之内绝对的不准娶亲，借着男的一方面年纪太小为辞，翠姨更愿意远远的推着。

翠姨自从订婚之后，是很有钱的了，什么新样子的东西一到，虽说不是一定抢先去买了来，总是过不了多久，箱子里就要有的的了。 那时候夏天最流行银灰色市布大衫，而翠姨的穿起来最好，因为她有好几件，穿过两次不新鲜就不要了，就只在家里穿，而出门就又去做一件新的。

那时候正流行着一种长穗的耳坠子，翠姨就有两对，一对红宝石的，一对绿的，而我的母亲才能有两对，而我才有一对。 可见翠姨是顶阔气的了。

还有那时候就已经开始流行高跟鞋了。 可是在我们本街上却不大有人穿，只有我的继母早就开始穿，其余就算是翠姨。 并不是一定因为我的母亲有钱，也不是因为高跟鞋一定贵，只是女人们没有那么摩登的行为，或者说她们不很容易接受新的思想。

翠姨第一天穿起高跟鞋来，走路还很不安定，但到第二天就比较的习惯了。 到了第三天，就是说以后，她就是跑起来也是很平稳的。 而且走路的姿态更加可爱了。

我们有时也去打网球玩玩，球撞到她脸上的时候，她才用球拍遮了一下，否则她半天也打不到一个球。 因为她一上了场站在白线上就是白线上，站在格子里就是格子里，她根本的不动。 有的时候，她竟拿着网球拍子站着一边去看风景去。 尤其是大家打完了网球，吃东西的吃东西去了，洗脸的洗脸去了，惟有她一个人站在短篱前面，向着远远的哈尔滨市影痴望着。

有一次我同翠姨一同去做客。 我继母的族中婆媳妇。她们是八旗人，也就是满人，满人才讲究场面呢，所有的族中的年轻的媳妇都必得到场，而个个打扮得如花似玉。 似乎咱们中国的社会，是没这么繁华的社交的场面的，也许那时候，我是小孩子，把什么都看得特别繁华，就只说女人们的衣服吧，就个个都穿得和现在西洋女人在夜会里边那么庄严。 一律都穿着绣花大袄。 而她们是八旗人，大袄的襟下一律的没有开口。 而且很长。 大袄的颜色枣红的居多，绛色的也有，玫瑰紫色的也有。 而那上边绣的颜色，有的荷花，有的玫瑰，有的松竹梅，一句话，特别的繁华。

她们的脸上，都擦着白粉，她们的嘴上都染得桃红。

每逢一个客人到了门前，她们是要列着队出来迎接的，她们都是我的舅母，一个一个的上前来问候了我和翠姨。

翠姨早就熟识她们的，有的叫表嫂子，有的叫四嫂子。而在我，她们就都是一样的，好像小孩子的时候，所玩的用花纸剪的纸人，这个和那个都是一样，完全没有分别。 都是花缎的袍子，都是白白的脸，都是很红的嘴唇。

就是这一次，翠姨出了风头了，她进到屋里，靠着一张大镜子旁坐下了。

女人们就忽然都上前来看她，也许她从来没有这么漂亮过；今天把别人都惊住了。

以我看翠姨还没有她从前漂亮呢，不过她们说翠姨漂亮得像棵新开的腊梅。 翠姨从来不擦胭脂的，而那天又穿了一件为着将来作新娘子而准备的蓝色缎子满是金花的夹袍。

翠姨让她们围起看着，难为情了起来，站起来想要逃掉似的，迈着很勇敢的步子，茫然的往里边的房间里闪开了。

谁知那里边就是新房呢，于是许多的嫂嫂们，就哗然的叫着，说："翠姐姐不要急，明年就是个漂亮的新娘子，现在先试试去。"

当天吃饭饮酒的时候，许多客人从别的屋子来呆呆的望着翠姨。翠姨举着筷子，似乎是在思量着，保持着镇静的态度，用温和的眼光看着她们。仿佛她不晓得人们专门在看着她似的。但是别的女人们羡慕了翠姨半天了，脸上又都突然的冷落起来，觉得有什么话要说出，又都没有说，然后彼此对望着，笑了一下，吃菜了。

四

有一年冬天，刚过了年，翠姨就来到了我家。

伯父的儿子——我的哥哥，就正在我家里。

我的哥哥，人很漂亮，很直的鼻子，很黑的眼睛，嘴也好看，头发也梳得好看，人很长，走路很爽快。大概在我们所有的家族中，没有这么漂亮的人物。

冬天，学校放了寒假，所以来我们家里休息。大概不久，学校开学就要上学去了。

哥哥是在哈尔滨读书。

我们的音乐会，自然要为这新来的角色而开了。翠姨也参加的。

于是非常的热闹，比方我的母亲，她一点也不懂这行，但是她也列了席，她坐在旁边观看，连家里的厨子，女工，都停下了工作来望着我们，似乎他们不是听什么乐器，而是在看人。 我们聚满了一客厅。 这些乐器的声音，大概很远的邻居都可以听到。

第二天邻居来串门的，就说："昨天晚上，你们家又是给谁祝寿？"

我们就说，是欢迎我们的刚到的哥哥。

因此我们家是很好玩的，很有趣的。 不久就来到了正月十五看花灯的时节了。

我们家里自从父亲维新革命，总之在我们家里，兄弟姊妹，一律相待，有好玩的就一齐玩，有好看的就一齐去看。

伯父带着我们，哥哥，弟弟，姨……共八九个人，在大月亮地里往大街里跑去了。

那路之滑，滑得不能站脚，而且高低不平。 他们男孩子们跑在前面，而我们因为跑得慢就落了后。

于是那在前边的他们回头来嘲笑我们，说我们是小姐，说我们是娘娘，说我们走不动。

我们和翠姨早就连成一排向前冲去，但是不是我倒，就是她倒。 到后来还是哥哥他们一个一个的来扶着我们。 说是扶着未免的太示弱了，也不过就是和他们连成一排向前进着。

不一会到了市里，满路花灯。 人山人海。 又加上狮子，旱船，龙灯，秧歌，闹得眼也花起来，一时也数不清多少玩意。

哪里会来得及看，似乎只是在眼前一晃，就过去了，而一会别的又来了，又过去了。

其实也不见得繁华得多么了不得了，不过觉得世界上是不会比这个再繁华的了。

商店的门前，点着那么大的火把，好像热带的大椰子树似的。 一个比一个亮。

我们进了一家商店，那是父亲的朋友开的。 他们很好的招待我们，茶，点心，橘子，元宵。 我们哪里吃得下去，听到门外一打鼓，就心慌了。 而外边鼓和喇叭又那么多，一阵来了，一阵还没有去远，一阵又来了。

因为城本来是不大的，有许多熟人，也都是来看灯的，都遇到了。 其中我们本城里的在哈尔滨念书的几个男学生，他们也来看灯了。 哥哥都认识他们。 我也认识他们，因为这时候我们到哈尔滨念书去了。 所以一遇到了我们，他们就和我们在一起，他们出去看灯，看了一会，又回到我们的地方，和伯父谈话，和哥哥谈话。 我晓得他们，因为我们家比较有势力，他们是很愿和我们讲话的。

所以回家的一路上，又多了两个男孩子。

不管人讨厌不讨厌，他们穿的衣服总算都市化了。 个个都穿着西装，戴着呢帽，外套都是到膝盖的地方，脚下很利落清爽。 比起我们城里的那种怪样子的外套，好像大棉袍子似的好看得多了。 而且颈间又都束着一条围巾，那围巾自然也是全丝全线的花纹。

似乎一束起那围巾来，人就更显得庄严，漂亮。

翠姨觉得他们个个都很好看。

哥哥也穿的西装，自然哥哥也很好看。 因此在路上她直在看哥哥。

翠姨梳头梳得是很慢的，必定梳得一丝不乱，擦粉也要擦了洗掉，洗掉再擦，一直擦到认为满意为止。 花灯节的第二天早晨她就梳得更慢，一边梳头一边在思量。 本来按规矩每天吃早饭，必得三请两请才能出席，今天必得请到四次，她才来了。

我的伯父当年也是一位英雄，骑马，打枪绝对的好。 后来虽然已经五十岁了，但是风采犹存。 我们都爱伯父的，伯父从小也就爱我们。 诗，词，文章，都是伯父教我们的。

翠姨住在我们家里，伯父也很喜欢翠姨。 今天早饭已经开好了。

催了翠姨几次，翠姨总是不出来。

伯父说了一句："林黛玉……"

于是我们全家的人都笑了起来。

翠姨出来了，看见我们这样的笑，就问我们笑什么。 我们没有人肯告诉她。 翠姨知道一定是笑的她，她就说："你们赶快的告诉我，若不告诉我，今天我就不吃饭了，你们读书识字，我不懂，你们欺侮我……"

闹嚷了很久，还是我的哥哥讲给她听了。 伯父当着自己的儿子面到底有些难为情，喝了好些酒，总算是躲过去了。

翠姨从此想到了念书的问题，但是她已经二十岁了，上哪里去念书？ 上小学没有她这样大的学生，上中学，她是一字不识，怎样可以。 所以仍旧住在我们家里。

弹琴，吹箫，看纸牌，我们一天到晚的玩着。 我们玩的时候，全体参加，我的伯父，我的哥哥，我的母亲。

翠姨对我的哥哥没有什么特别的好，我的哥哥对翠姨就像对我们，也是完全的一样。

不过哥哥讲故事的时候，翠姨总比我们留心听些，那是因为她的年龄稍稍比我们大些，当然在理解力上，比我们更接近一些哥哥的了。 哥哥对翠姨比对我们稍稍的客气一点。他和翠姨说话的时候，总是"是的""是的"的，而和我们说话则"对啦""对啦"。

这显然因为翠姨是客人的关系，而且在名分上比他大。

不过有一天晚饭之后，翠姨和哥哥都没有了。 每天饭后大概总要开个音乐会的。 这一天也许因为伯父不在家，没有人领导的缘故，大家吃过也就散了。 客厅里一个人也没有。我想找弟弟和我下一盘棋，弟弟也不见了。 于是我就一个人在客厅里按起风琴来，玩了一下也觉得没有趣。 客厅是静得很的，在我关上了风琴盖子之后，我就听见了在后屋里，或者在我的房子里是有人的。

我想一定是翠姨在屋里。 快去看看她，叫她出来张罗着看纸牌。

我跑进去一看，不单是翠姨，还有哥哥陪着她。

看见了我，翠姨就赶快的站起来说："我们去玩吧。"

哥哥也说："我们下棋去，下棋去。"

他们出来陪我来玩棋，这次哥哥总是输，从前是他回回赢我的，我觉得奇怪，但是心里高兴极了。

不久寒假终了，我就回到哈尔滨的学校念书去了。 可是哥哥没有同来，因为他上半年生了点病，曾在医院里休养了一些时候，这次伯父主张他再请两个月的假，留在家里。

以后家里的事情，我就不大知道了。 都是由哥哥或母亲讲给我听的。 我走了以后，翠姨还住在家里。

后来母亲还告诉过，就是在翠姨还没有订婚之前，有过这样一件事情。 我的族中有一个小叔叔，和哥哥一般大的年纪，说话口吃，没有风采，也是和哥哥在一个学校里读书。虽然他也到我们家里来过，但怕翠姨没有见过。 那时外祖母就主张给翠姨提婚。 那族中的祖母，一听就拒绝了，说是寡妇的儿子，命不好，也怕没有家教；何况父亲死了，母亲又出嫁了，好女不嫁二夫郎，这种人家的女儿，祖母不要。 但是我母亲说，辈分合，他家还有钱，翠姨过门是一品当朝的日子，不会受气的。

这件事情翠姨是晓得的，而今天又见了我的哥哥，她不能不想哥哥大概是那样看她的。 她自觉的觉得自己的命运不会好的，现在翠姨自己已经订了婚，是一个人的未婚妻。

二则她是出了嫁的寡妇的女儿，她自己一天把这个背了不知有多少遍，她记得清清楚楚。

五

翠姨订婚，转眼三年了，正这时，翠姨的婆家，通了消息来，张罗要娶。她的母亲来接她回去整理嫁妆。

翠姨一听就得病了。

但没有几天，她的母亲就带着她到哈尔滨采办嫁妆去了。

偏偏那带着她采办嫁妆的向导又是哥哥给介绍来的他的同学。他们住在哈尔滨的秦家岗上，风景绝佳，是洋人最多的地方。那男学生们的宿舍里边，有暖气，洋床。翠姨带着哥哥的介绍信，像一个女同学似的被他们招待着。又加上已经学了俄国人的规矩，处处尊重女子，所以翠姨当然受了他们不少的尊敬，请她吃大菜，请她看电影。坐马车的时候，上车让她先上，下车的时候，人家扶她下来。她每一动别人都为她服务，外套一脱，就接过去了。她刚一表示要穿外套，就给她穿上了。

不用说，买嫁妆她是不痛快的，但那几天，她总算一生中最开心的时候。

她觉到底是读大学的人好，不野蛮，不会对女人不客气，绝不能像她的妹夫常常打她的妹妹。

经这到哈尔滨去一买嫁妆，翠姨就更不愿意出嫁了。 她一想那个又丑又小的男人，她就恐怖。

她回来的时候，母亲又接她来到我们家来住着，说她的家里又黑，又冷，说她太孤单可怜。 我们家是一团暖气的。

到了后来，她的母亲发现她对于出嫁太不热心，该剪裁的衣裳，她不去剪裁。 有一些零碎还要去买的，她也不去买。

做母亲的总是常常要加以督促，后来就要接她回去，接到她的身边，好随时提醒她。

她的母亲以为年轻的人必定要随时提醒的，不然总是贪玩。 何况出嫁的日子又不远了，或者就是二三月。

想不到外祖母来接她的时候，她从心的不肯回去，她竟很勇敢的提出来她要读书的要求。 她说她要念书，她想不到出嫁。

开初外祖母不肯，到后来，她说若是不让她读书，她是不出嫁的。 外祖母知道她的心情，而且想起了很多可怕的事情……

外祖母没有办法，依了她。 给她在家里请了一位老先生，就在自己家院子的空房子里边摆上了书桌，还有几个邻居家的姑娘，一齐念书。

翠姨白天念书，晚上回到外祖母家。

念了书，不多日子，人就开始咳嗽，而且整天的闷闷不乐。 她的母亲问她，有什么不如意？ 陪嫁的东西买得不顺心吗？ 或者是想到我们家去玩吗？ 什么事都问到了。

翠姨摇着头不说什么。

过了一些日子，我的母亲去看翠姨，带着我的哥哥，他们一看见她，第一个印象，就觉得她苍白了不少。 而且母亲断言的说，她活不久了。

大家都说是念书累的，外祖母也说是念书累的，没有什么要紧的，要出嫁的女儿们，总是先前瘦的，嫁过去就要胖了。

而翠姨自己则点点头，笑笑，不承认，也不加以否认。还是念书，也不到我们家来了，母亲接了几次，也不来，回说没有工夫。

翠姨越来越瘦了，哥哥去到外祖母家看了她两次，也不过是吃饭，喝酒，应酬了一番。 而且说是去看外祖母的。在这里年轻的男子，去拜访年轻的女子，是不可以的。 哥哥回来也并不带回什么欢喜或是什么新的忧郁，还是一样和大家打牌下棋。

翠姨后来支持不了啦，躺下了，她的婆婆听说她病，就要娶她，因为花了钱，死了不是可惜了吗？ 这一种消息，翠姨听了病就更加严重。 婆家一听她病重，立刻要娶她。

因为在迷信中有这样一章，病新娘娶过来一冲，就冲好了。 翠姨听了就只盼望赶快死，拼命的糟蹋自己的身体，想死得越快一点儿越好。

母亲记起了翠姨，叫哥哥去看翠姨。 是我的母亲派哥哥去的，母亲拿了一些钱让哥哥给翠姨去，说是母亲送她在病中随便买点什么吃的。 母亲晓得他们年轻人是很拘泥的，或者不好意思去看翠姨，也或者翠姨是很想看他的，他们好久不能看见了。 同时翠姨不愿出嫁，母亲很久的就在心里边猜疑着他们了。

男子是不好去专访一位小姐的，这城里没有这样的风俗。

母亲给了哥哥一件礼物，哥哥就可去了。

哥哥去的那天，她家里正没有人，只是她家的堂妹妹应接着这从未见过的生疏的年轻的客人。

那堂妹妹还没问清客人的来由，就往外跑，说是去找她们的祖父去，请他等一等。

大概她想是凡男客就是来会祖父的。

客人只说了自己的名字，那女孩子连听也没有听就跑出去了。

哥哥正想，翠姨在什么地方？ 或者在里屋吗？ 翠姨大概听出什么人来了，她就在里边说：“请进来。”

哥哥进去了，坐在翠姨的枕边，他要去摸一摸翠姨的前额，是否发热，他说：“好了点吗？”

他刚一伸出手去，翠姨就突然的拉了他的手，而且大声的哭起来了，好像一颗心也哭出来了似的。 哥哥没有准备，就很害怕，不知道说什么做什么。 他不知道现在应该是保护翠姨的地位，还是保护自己的地位。 同时听得见外边已经有人来了，就要开门进来了。 一定是翠姨的祖父。

　　翠姨平静的向他笑着，说："你来得很好，一定是姐姐告诉你来的，我心里永远纪念着她，她爱我一场，可惜我不能去看她了……我不能报答她了……不过我总会记起在她家里的日子的……她待我也许没有什么，但是我觉得已经太好了……我永远不会忘记的……我现在也不知道为什么，心里只想死得快一点就好，多活一天也是多余的……人家也许以为我是任性……其实是不对的，不知为什么，那家对我也是很好的，我要是过去，他们对我也会是很好的，但是我不愿意。 我小时候，就不好，我的脾气总是不从心的事，我不愿意……这个脾气把我折磨到今天了……可是我怎能从心呢……真是笑话……谢谢姐姐她还惦着我……请你告诉她，我并不像她想的那么苦呢，我也很快乐……"翠姨痛苦的笑了一笑，"我心里很安静，而且我求的我都得到了……"

　　哥哥茫然的不知道说什么，这时祖父进来了。 看了翠姨的热度，又感谢了我的母亲，对我哥哥的降临，感到荣幸。他说请我母亲放心吧，翠姨的病马上就会好的，好了就嫁过去。

　　哥哥看了翠姨就退出去了，从此再没有见她。

　　哥哥后来提起翠姨常常落泪，他不知翠姨为什么死，大家也都心中纳闷。

尾声

等我到春假回来，母亲还当我说："要是翠姨一定不愿意出嫁，那也是可以的，假如他们当我说。"

…………

翠姨坟头的草籽已经发芽了，一掀一掀的和土粘成了一片，坟头显出淡淡的青色，常常会有白色的山羊跑过。

这时城里的街巷，又装满了春天。

暖和的太阳，又转回来了。

街上有提着筐子卖蒲公英的了，也有卖小根蒜的了。更有些孩子们他们按着时节去折了那刚发芽的柳条，正好可以拧成哨子，就含在嘴里满街的吹。声音有高有低，因为那哨子有粗有细。

大街小巷，到处的呜呜呜，呜呜呜。好像春天是从他们的手里招待回来了似的。

但是这为期甚短，一转眼，吹哨子的不见了。

接着杨花飞起来了，榆钱飘满了一地。

在我的家乡那里，春天是快的，五天不出屋，树发芽了，再过五天不看树，树长叶了，再过五天，这树就像绿得使人不认识它了。使人想，这棵树，就是前天的那棵树吗？

自己回答自己，当然是的。春天就像跑的那么快。好像人能够看见似的，春天从老远的地方跑来了，跑到这个地方只向人的耳朵吹一句小小的声音："我来了呵"，而后很快的就跑过去了。

春，好像它不知多么忙迫，好像无论什么地方都在招呼它，假若它晚到一刻，阳光会变色的，大地会干成石头，尤其是树木，那真是好像再多一刻工夫也不能忍耐，假若春天稍稍在什么地方流连了一下，就会误了不少的生命。

春天为什么它不早一点来，来到我们这城里多住一些日子，而后再慢慢的到另外的一个城里去，在另外一个城里也多住一些日子。

但那是不能的了，春天的命运就是这么短。

年轻的姑娘们，她们三两成双，坐着马车，去选择衣料去了，因为就要换春装了。

她们热心的弄着剪刀，打着衣样，想装成自己心中想得出的那么好，她们白天黑夜的忙着，不久春装换起来了，只是不见载着翠姨的马车来。

1941 年夏，重抄。

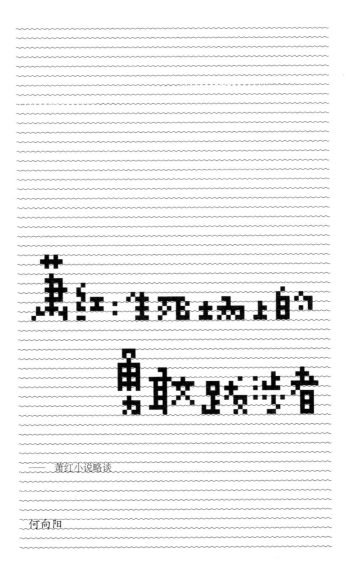

萧红：生死场上的勇敢践行者

—— 萧红小说略谈

何向阳

　　一个作家的写作与他的身世经历关系紧密，而一个杰出的作家的人与文方面的契合度似乎更甚，有许多时候，它们甚至可以相互印证，互为解读。 今年诞辰 110 周年的作家萧红和她的作品就是其中鲜明的一个例子。

　　萧红 1911 年出生，那年正值五月端阳，她出生在黑龙江呼兰县的一个地主家庭。 8 岁时母亲去世，后来父亲再娶，与继母一起的生活似乎并不快乐，萧红后来能够回忆起的快乐大都来自她的祖父。 18 岁时祖父去世，她的孤苦可以想见，为与父亲为之订下的婚姻抗争，她 19 岁出走北京，入读女师大附中。 然而经济的不独立，又迫使她再度回到未婚夫那里。 如是反复，从北京到哈尔滨的辗转，仍是所遇非人，被弃困于旅馆，而这时她已怀有身孕。 1932 年，她身怀六甲，得萧军等人解救，脱离困境。 文学史一向认定《王阿嫂的死》是萧红的第一部短篇，然从写作时间上看，《弃儿》一篇要早于《王阿嫂的死》一个多月，我以为若要从"第一"的时序而定，《弃儿》应为萧红的第一部小说。 两部小说角度不同，但主题相似，可以说，这两部作品在萧红创作伊始，就是一个极高的起点，无论是艺术上还是思想上，它们共同奠定了萧红此后创作的主线。

平民视角与女性觉醒

萧红之所以能够被称为杰出的作家，在于她在一个大时代里，没有缺席于时代所要求于一个作家的立言，与同时代的许多作家（当然也包括女作家在内）一样，她因有两次北京之求学的经历，思想上深受五四新文化运动的熏染，对于女性之独立与觉醒的要求，与大时代进步的方向与步调均相一致；然而萧红又与她同时代的许多作家不同，她是一位有着女性自觉的作家，而这一点，从她的作品面貌看，她也与同样有着女性自觉的此前此后文学史上活跃的女作家不同，比如庐隐，比如丁玲，比如冰心，比如林徽因，她们的知识女性身份的获得感要早于或强于萧红，因而她们小说中所关注的问题多集中于知识领域或由知识领域而延伸到社会领域的问题。但萧红不同，她的个人身世与遭际，都决定了她的出发点，不是自上而下的，虽有地主出身的背景，但家道中落和始乱终弃，使她在屈辱不公的命运为心灵打上无法磨灭的深重烙印的同时，也获得了较任一同时代女作家都难以具备的极为强烈的生命意识。

这种生命意识内涵宽广，来源于一种对于人的生命的平等的珍视之心。 这里的平等，不仅有大时代的文学所表达的——男女平等，而且有一位女作家站在平民立场上的——知识女性与未曾受过教育的穷苦女性的平等。 正是这一点，使其文学展现出与其他作家所不同的面貌。

《弃儿》写困于旅馆的"一个肚子凸得馒头般的女人"，一边是"水就像远天一样，没有边际的漂漾着，一片片的日光在水面上浮动着。 大人、小孩和包裹青绿颜色，安静的不慌忙的小船朝向同一的方向走去，一个接着一个……"的"松花江决堤三天了"的景象，一边是芹眼如黑炭，无目的地在窗口张望，"我怎么办呢？ 没有家，没有朋友，我走向哪里去呢？"的焦虑，水的稀薄的气味，沉静的黄昏，小猪在水中绝望的尖叫，像山谷、壑沟一样的夜，芹与蓓力两位恋人"富人穷人，穷人不许恋爱？"的反诘，居无定所在土炕上疼痛地打滚的孕妇，终于辗转到医院而迫于贫穷又不得不将亲生孩子送人。 产妇室里的芹"想起来母亲死去的时候，自己还是小孩子，睡在祖父的身旁，不也是看着夜里窗口的树影么？ 现在祖父走进坟墓去了，自己离家乡已三年了，时间一过什么事情都消灭了"一段文字，使这部作品被看作自传性小说或纪实性散文的理由，熟知萧红的人一定知道这部作品写的就是她自己在哈尔滨旅馆的走投无路的经历。"小说"结尾，"产妇们都是抱着小孩坐着汽车或是马车一个个出院了，现在芹也是出院了。 她没有小孩也没有汽车，只有眼前的一条大街要她走，就像一片荒田要她开拔一样"。 当然她不是一个人走，她还有萧军，"他们这一双影子，一双刚强的影子，又开始向人林里迈进"。

这里有穷苦女性的悲苦处境，也同时有一个抛却了以往种种纠葛的觉醒了的女性的刚毅和勇猛。 萧红发表作品的笔名用了"悄吟"，但《弃儿》的力度在于有一种义无反顾的决绝，这决绝中未尝不包含着一个作家对大时代的呼应。 但如果萧红只是一个兴味于自身经验的作家，那么她会是另一个萧红，萧红的了不起之处在于，她的视野从来是由己及人，她看到的不只是自己从旧家庭中走出来的阵痛与叛逆，和必为这叛逆而付出的痛苦艰辛，她看到的还有更广阔的荒田中的女性，她们没有反抗，逆来顺受，但她们的种种忍耐与屈辱也并不能换来安稳与幸福。《王阿嫂的死》写的是王阿嫂丈夫被张地主逼疯烧死，而自己也被张地主踢打，以致在产后死去，新生儿也未能活成，养女重又成为孤儿的故事。小说中王阿嫂拾起丈夫骨头发出的哭声令人无法忘怀，"她的手撕着衣裳，她的牙齿在咬着嘴唇。 她和一匹吼叫的狮子一样"。 而王阿嫂最大的抗争也只能是"哭"与"死"，她哭已死的丈夫，哭自己已死的心。 萧红的平民视角在此是显而易见的，小说中对"张地主"的人性恶的揭示也是有力的，但这种揭示所展示的作家对自己曾经属于的那个地主阶级的背叛，是通过文学性的书写表现出来的。 就是说，五四新文化运动以来的革命文学中的反封建主题，于萧红而言，是从实践中来的，从体验中来的，而不只是从书本来，从理论来。 这一点，使她的文学所呈现的平民视角与女性觉醒交错在一起，她写的穷苦人也是她自己，因有深刻的体验，所以她的文字虽以"悄吟"代言，却是孔武有力的。 她是真如鲁迅所言"将自己也烧进去"的作家。 这也是她一落笔便能与她的同时代大多数作家不同，她在平民与女性的身份与命运的双重关注中，将自己的文学打上了不独属于自我天地的时代烙印。

故园风景与爱国情怀

一个作家是不可能也不可以游离于他的时代的。 1931年的"九一八"事变，日本入侵，东北沦陷，萧红的出走与流离失所，除却她个人反封建、争自由的因素外，她的命运还裹挟着一个更大的家国背景，这就是1934年与萧军一起从哈尔滨到青岛之后，萧红创作完成《生死场》的心理起因。故园风景已变，人们从麻木到觉醒的过程，也是选择死还是选择生的过程，是当奴才还是做人的过程。 这是一个二选一的选项，其间或此或彼，或黑或白，没有中间，不可骑墙。

《生死场》是萧红第一次以"萧红"署名的作品。 它完成于1934年9月9日，而从青岛又到上海之后，被放在了鲁迅的案头，这部小说于1935年12月作为"奴隶丛书"之三，以上海容光书局名义自费出版。 鲁迅先生为之作序，在《萧红作〈生死场〉序》一文中他直言自己的感受，"……看见了五年以前，以及更早的哈尔滨。 这自然还不过是略图，叙事和写景，胜于人物的描写，然而北方人民的对于生的坚强，对于死的挣扎，却往往已经力透纸背；女性作者的细致的观察和越轨的笔致，又增加了不少明丽和新鲜。 精神是健全的，就是深恶文艺和功利有关的人，如果看起来，他不幸得很，他也难免不能毫无所得。"于此，他站在文学的角度，但又不全是文学的角度讲这部作品的价值，"现在是一九三五年十一月十四日的夜里，我在灯下再看完了《生死场》。 周围像死一般寂静，听惯的邻人的谈话声没有了，食物的叫卖声也没有了，不过偶有远远的几声犬吠。 ……然而我的心现在却好像古井中水，不生微波，麻木的写了以上那些字。 这正是奴隶的心！ 但是，如果还是扰乱了读者的心呢？ 那么，我们还决不是奴才。"足见鲁迅先生是从内心里喜爱这部作品的，他看出了萧红与哈尔滨的关系，以及当时的文学与失却了的北方土地的关系，而在这一切文字的后面，是流亡者与家国的关系，是个人与民族的关系。

这种关系，是我们了解萧红创作的关键。《生死场》何以在家国破碎的年代里，如鲁迅先生所言，给人们"以坚强和挣扎的力气"？ 其原因仍在于作品本身的品质与气度。

《生死场》从一只山羊、一个小孩、一个跌步的农夫、一片菜田写起，以十七节文字绘出 20 世纪 30 年代初期东北农民生活的图景，镜头剪辑得很碎，没有特别主要的人物或贯穿始终的故事，却保持着生活原有的真实。"在乡村，人和动物一起忙着生，忙着死……"这种散文式的看似散漫的写法，使得小说呈现出无主角，但场景明晰，无情节，但细节动人的特点。 但是如若只是狭义地将它视作对麻面婆、二里半、王婆、老赵三、金枝以及出场不多的五姑姑、菱芝嫂嫂、月英、李二婶子、冯丫头、平儿的日常生活中的生老病死的铺陈书写，那么一定会低估了作品的文学史价值。 的确，《生死场》写到了这些，但它所提供的意义不止于这些。比如其中"刑罚的日子"写女人的生产，"大肚子的女人，仍胀着肚皮，带着满身冷水无言的坐在那里。 她几乎一动不敢动，她仿佛是在父权下的孩子一般怕着她的男人"一句，就比 "一点声音不许她哼叫，受罪的女人，身边若有洞，她将跳进去！ 身边若有毒药，她将吞下去。 她仇视着一切，窗台要被她踢翻。 她愿意把自己的腿弄断，宛如进了蒸笼，全身将被热力所撕碎一般呀"更加有力；比如，从十一节开始写日军对东北百姓的蹂躏，较之 "村人们在想：这是什么年月？""我这些年来，都是养鸡，如今连个鸡毛也不能留，连个'啼鸣'的公鸡也不让留下。 这是什么年头？ ……"，小说更写出了在这片土地上生长着的"有血气的人"，"他为着轻松充血的身子，他向树林那面去散步，那儿有树林。 林梢在青色的天边画出美调的和舒卷着的云一样的弧线。 青的天幕在前面直垂下来，曲卷的树梢花边一般地嵌上天幕。 田间往日的蝶儿在飞，一切野花还不曾开。 小草房一座一座的摊落着，有的留下残墙在晒阳光，有的也许是被炸弹带走了屋盖。 房身整整齐齐地摆在那里”。 这是"你要死灭吗?"一节中的老赵三,他"扩大开胸膛",他"停脚在一片荒芜的、过去的麦地旁","往日自己的麦田而今丧尽在炮火下",这是酒浇胸膛的赵三,"赵三只知道自己是中国人。无论别人对他讲解了多少遍,他总不能明白他在中国人中是站在怎样的阶级。 虽然这样,老赵三也是非常进步,他可以代表整个的村人在进步着,那就是他从前不晓得什么叫国家,从前也许忘掉了自己是那国的国民! "而就是这样一个曾经浑浑噩噩地过日子的人,在李青山的"……我们去敢死……就是把我们的脑袋挂满了整个村子所有的树梢也情愿……"的宣誓,和"是呀! 千刀万剐也愿意! "的寡妇们的怒吼中,老赵三醒来了,他和大家一起流着泪,击打着桌子,"国……国亡了! 我……我也……老了! ……等着我埋在坟里……也要把中国旗子插在坟顶,我是中国人! ……我要中国旗子。 我不当亡国奴,生是中国人,死是中国鬼……不……不是亡……亡国奴……"

赵三的这些话,就是时隔87年的今天,再读萧红写下的这些文字,仍然如雷贯耳。 萧红之所以是萧红,在于在那个家国破碎的时代,作为从东北逃亡出来的流亡作家之一,她没有只将自己的作品停留于一家私己的命运的摹写,也没有只将自己的笔墨止于女性弱者形象的描摹,而是以一种勇猛的、怒吼式的文字,向世界发出一位作家的呐喊。

从哈尔滨到北京再到哈尔滨、到青岛,离开家乡越远,她的故园之思越重，而这种故园之思又是与故园之失纠缠在一起。萧红在以"生""死"命名的小说中，借人物所呐喊出的"不当亡国奴"的千千万万的铁蹄下的中国人的心声，让我们至今读之战栗，读之热血沸腾，原因在哪里？在一位饱经沧桑、居无定所的作家对生命的至高的尊崇与惜护。这种对人的惜护与对家园的爱恋，是萧红能够写出如老赵三们的农民的觉悟的原因，也是中国文学中的农民形象塑造在阿Q形象的基础上更前进一步的内在的理由。

青岛时期的写作，使萧红真正找到了自己言说的对象与言说的方式，同时也找到了自己文学的主人公。21世纪之初我到青岛，专门寻到了萧红、萧军1934年住过的旧址，观象一路1号。走上石阶，门上落锁，无缘进入。萧军在此写出《八月的乡村》，萧红在此完成《生死场》，他们在青岛只住了不足半年时间。在那个门口，我久久站立，想起胡风当时在《生死场》的读后记中言："……这里是真实的受难的中国农民，是真实的野生的奋起。使人兴奋的是，不但写出愚夫愚妇，而且写出了蓝空下的血迹模糊的大地和流在那模糊的血土上的铁一样重的战斗意志的书，却是出自一个青年女性的手笔。"

我长久地站立在那个门口，我要让自己记住，就是在这里，就是在青岛，在那个飘摇不定、风雨如磐的岁月，白纸黑字，"不当亡国奴！"萧红代家乡农民老赵三发出这样强有力的呐喊，萧红了不起。

那年，萧红 23 岁。

启蒙精神与自由心性

《生死场》的出版，奠定了萧红在中国现代文学史上的地位。 但如若只单纯地将她看作是一个左翼作家，可能将大大削减了萧红文学的丰富性。

说到底，萧红是一个创作者，而不是一个理论家，但因其创作的投入度与完成度，以及颠沛流离、居无定所的生活，加之因《生死场》的成功而接触到的左联作家，尤其居住上海时与鲁迅先生的文学交往，都促使她进步，使得她对于文学理想有相当深入的思考。 熟悉萧红创作的人，会注意到她在 1941 年 5 月 5 日发表于香港《华商报》副刊《灯塔》上的一篇文章《骨架与灵魂》，这篇文字不长，大约 500 字左右，但对于理解萧红十分重要。 在这篇文章中，萧红表明了对于"五四"纪念中的形式主义的反对态度，她写道："'五四'时代又来了。""我们离开了'五四'，已经二十多年了。"她全心呼吁一种真的"五四"，真的对国人的启蒙，从而在时代的意义上继承鲁迅先生的文学精神。 在文章结尾，萧红几乎是大声疾呼："谁是那旧的骨架？ 是'五四'。 谁是那骨架的灵魂？ 是我们，是新'五四'！"有萧红研究者言，救亡时期能够不忘对启蒙的强调，在当时弥足珍贵，但也可谓是空谷足音。 从萧红后来写的纪念鲁迅先生的文章中，我们看到的只是鲁迅生活上的方方面面，鲁迅在萧红的笔下是一个写作者一个战斗者于深夜中伏案的背影，而这篇文章却让我们看出，萧红对于鲁迅思想的自觉继承。

萧红在文学创作的本质上是贴近鲁迅的。这种"衣钵"传承可以从她后来的文学实践中看出。1940年1月她与端木蕻良从重庆赴香港，于是年年底完成了两年前就开始写作的《呼兰河传》。这部小说中，她在对儿时的故乡的回望之中，回归了《生死场》中与"救亡"主题并行且之于萧红创作同等重要的"启蒙"主题。

《呼兰河传》与《生死场》一样，是散点化透视，没有结构主线，没有中心故事，也没有主角人物，而是日常生活场景的铺陈与百姓命运的延展跌宕，有的是北方小城里的关起门来过生活的居民，还有围绕这小城的一些外来讨生计的人们，卖豆芽菜的女疯子、扎彩铺的、提篮子卖烧饼的、卖麻花的、卖凉粉的、卖瓦盆的、卖豆腐的、打着拨浪鼓的货郎，还有看火烧云的呼兰河的人们，总之日子像河水一般平稳，柴米油盐、浆洗缝补，"他们吃的是粗菜，粗饭，穿的是破烂的衣服"，生老病死，春夏秋冬，"假若有人问他们，人生是为了什么？他们并不会茫然无所对答的，他们会直截了当的不假思索的说了出来：'人活着是为吃饭穿衣。'再问他，人死了呢？他们会说：'人死了就完了。'"在这些"卑琐平凡的实际生活"之外，也还有诸如跳大神、唱秧歌、放河灯、野台子戏、四月十八娘娘庙大会等"盛举"。更让人记忆的是祖父与"我"共同拥有的后园，"而土地上所长的又是那么繁华，一眼看上去，是看不完的，只觉得眼前鲜绿的一片"，这是一个孩子的自由的世界，这个世界里有蜻蜓、蚂蚱、蝴蝶，有樱桃树、玫瑰，有"在蒿草的当中，也往往开了蓼花"，有"祖父领着我，到后园去，趟着露水去到包米丛中，为我擗一穗包米来"。但与这些景象在同一时空中的，还生活着小团圆媳妇，还有冯歪嘴子一家。这两个章节也是最能体现萧红文学启蒙思想的。小团圆媳妇嫁到老胡家才12岁，婆婆的调教以及跳神的赶鬼、扶乩，直至发展到当众洗澡，以致烫了三次，"昏倒在大缸里"，是亲人的残酷与看客的冷漠合众"谋杀"了一个原本活泼的生命。写出这层"看杀"的萧红，的确让人想起鲁迅文中对于此种国民劣根性的仇视，也正是这种相类似的景象让鲁迅先生弃医从文，而疗救民众的。但磨馆冯歪嘴子一家却又让人看到希望，冯歪嘴子的女人死后，留下了一大一小两个孩子，小的刚刚出生，冯歪嘴子在别人绝望的或是看热闹的环境中，"反而镇定下来。他觉得在这世界上，他一定要生根的，要长得牢牢的。他不管他自己有这份能力没有，他看着别人都是这样做的，他觉得也应该这样做"。所以当我们读着"大的孩子会拉着小驴到井边上去饮水了。小的会笑了，会拍手了，会摇头了。给他东西吃，他会伸手来拿。而且小牙也长出来了"这样的句子时，我们不仅强烈地感受到中华民族的坚韧强悍，而且，我们又欣慰又伤感，萧红终于在她对故乡的一份记忆中完整地写下了养育了她的祖父的同时，也给了她自己曾经在离乱中失去了的两个孩子以文学的活泼的生命。

萧红小说中写国民状态与写民族意志并不矛盾，她的启蒙出发点与救亡思想并不冲突，立言的最大价值仍在"立人"。在她短暂生命的最后时期，她写下了《小城三月》，延续了对于女性命运的探讨，翠姨暗恋"我"的堂兄，却无力反抗嫁人的命运，最后只能是以死相搏，郁郁而终。这部让人想起黛玉形象的作品，旨在揭示从曹雪芹到萧红生活的20世纪三四十年代，尽管时代向前了，但人的环境改造、人的精神觉醒仍是一项需要长久做的工作。1940—1941年创作的《马伯乐》更是一部对鲁迅先生《阿Q正传》致敬的长篇小说，只是场景换作了城市，人物由农民换作了知识者。作品以反讽的笔法写了马伯乐的"逃跑主义哲学"的自私虚伪，从而对国民性格中的一种犬儒做派作了极为犀利而无情的揭示。但可惜的是这是一部未竟之作。

我想说的是，就是在1941年的香港，在萧红写下《呼兰河传》《小城三月》《马伯乐》这些以"启蒙"为主题的小说时，她还写下了不少"救亡"主题的篇章，无论是《给流亡异地的东北同胞书》中"在最后的斗争里，谁打着最沉着，谁就会得胜"的必胜的决心，还是《九一八致弟弟书》中"你们都是年轻的，都是北方的粗直的青年，内心充满了力量。……你们都怀着万分的勇敢，只有向前，没有回头。……中国有你们，中国是不会亡的"对骨肉至亲的弟弟和更年轻者的信心，都与她写于 1938 年的《黄河》《汾河的圆月》《寄东北流亡者》等作品相呼应，显现了一位作家与时代和民族的密切关系。尤其是《黄河》的结尾，对于"我问你，是不是中国这回打胜仗，老百姓就得日子过啦？"的百姓之问，八路的兵士的回答是："是的，我们这回必胜……老百姓一定有好日子过的。"从呼兰县出发，从哈尔滨到北京、到青岛、到上海、再到东京，从北京到上海再到临汾、西安、武汉、重庆直至香港，萧红一生是在漂泊中度过的，我们从《商市街》中即可了解她所经历的一无所有和饥寒交迫，但无论在哪里，无论是迁徙、离乱、饥饿、病痛，她都始终抱定这一信念。这是胜利的信念，也是对人的信念。

与这信念一起的，让我颇感折服的还是她的文学风格的自由。对于当时多位文学评论家对她小说的散文化风格的不同看法，萧红并不辩论，而只是在与聂绀弩一次谈话中讲："有一种小说学，小说有一定的写法，一定要具备某几种东西，一定写得像巴尔扎克或契诃夫的作品那样。我不相信这一套，有各式各样的作者，有各式各样的小说。若说一定要怎样才算小说，鲁迅的小说有些就不是小说，如《头发的故事》《一件小事》《鸭的喜剧》等等。"在对方追问"写《头发的故事》《一件小事》之类吗？"时，萧红的回答相当率真："写《阿 Q 正传》《孔乙己》之类！而且至少在长度上超过他！"这段对话，在说明了自己认为小说各有写法、不必强求一种模式的创造力之自信同时，也显现了萧红在对鲁迅先生的文学感悟中的超越之心。 她也的确在以后如《马伯乐》的写作中试图践行它。

茅盾曾在 1946 年《呼兰河传》的再版序中写道："要点不在《呼兰河传》不像是一部严格意义的小说，而在它于这'不像'之外，还有些别的东西——一些比'像'一部小说更为'诱人'些的东西：它是一篇叙事诗，一幅多彩的风土画，一串凄婉的歌谣。"我以为这种评判是公允的，但我不大同意文中隐约的对于萧红与大时代隔绝的判断。 的确，萧红是寂寞的，就是现在看，在中国现代文学史上，她仍是寂寞的一个。 然而这寂寞的由来，并不像人们想的感情上的一再受伤，或是对于居无定所的厌倦，而是，她在精神上一直是一个人的，她一直与她所在的知识界保有一定的距离，以便于她的观察和审视。 我想，她曾引为同道的人，一个个地离开了她，从这点而言，她的寂寞是没有同道的寂寞。 在她最后的岁月，她一边体味这寂寞，一边仍在拼命写作，她是真正体味到了"两间余一卒，荷戟独彷徨"的滋味，这可能也是她写下"我将与蓝天碧水永处，留得半部'红楼'给别人写了"的身先死的"不甘"，这可能就是她死后想葬在鲁迅先生墓旁的原因吧。

萧红去世时不足 31 岁。 自 1932 年写诗开始，到 1942 年 1 月，不足十年时间，她写下了一百多万字的作品，而且还是在颠沛流离、贫病交加之中！ 这些作品，是她个人艰辛生活的见证，也是那个时代的女性对于国家、民族、人的精神的一份思想的贡献。 这思想，是她于生死场上跋涉而来的。

萧红不朽！

2021.9.1—9.5. 北京

图书在版编目（CIP）数据

生死场/萧红著；何向阳主编. --郑州：河南文艺出版社，
2021.12

（百年中篇小说名家经典 / 何向阳总主编）

ISBN 978-7-5559-0479-3

I.①生… II.①萧…②何… III.①中篇小说-小说集-中国-
现代 IV.①I246.5

中国版本图书馆CIP数据核字（2021）第226225号

丛书策划 陈 杰 杨彦玲

本书策划 李建新 王 宁 责任校对 梁 晓

责任编辑 王 宁 责任印制 陈少强

丛书统筹 李亚楠 书籍设计 书籍/设计/工坊
刘运来工作室

生死场
SHENGSI CHANG

出版发行 河南文艺出版社
本社地址 郑州市郑东新区祥盛街27号C座5楼
承印单位 河南瑞之光印刷股份有限公司
经销单位 新华书店
开 本 787毫米×1092毫米 1/32
印 张 6
字 数 106 000
版 次 2021年12月第1版
印 次 2021年12月第1次印刷
定 价 29.00元

印厂地址 河南省武陟县产业集聚区东区（詹店镇）泰安路
邮政编码 454950 电话 0371-63956290